검은 바다가 밀려온다!

검은 바다가 밀려온다!

2007년 서해안 기름 유출

최은영 글
설은정 그림

초록개구리

차례

비밀 편지 ------------------- 7

쾅! 쾅! 쾅! ------------------- 25

환송회 ------------------- 35

먼바다의 사고 --------------- 49

한밤중 사이렌 소리 ----------- 65

검은 바다 ------------------- 81

갑작스러운 이별 ------------- 97

강치의 눈물 ---------------- 113

성난 목소리 ---------------- 128

하얀 물결 ------------------ 143

작가의 말 ------------------ 160

서바이벌 재난 이야기 --------- 164

비밀 편지

2007년 12월 6일 오후 2시

하늘에는 회색 구름이 납작하게 내려앉았다. 꼭 승아 마음 같았다. 승아는 길게 한숨을 뱉었다.

수업이 끝나고 승아는 연재와 함께 교실을 나섰다. 둘이 함께 가야 할 곳이 있었다.

"야, 너희들 또 뭐 하려고 그러냐?"

강치가 깐족거리며 쫓아왔다. 승아는 잽싸게 주먹을 들어 올렸다. 연재가 승아의 팔을 잡고 고개를 저었다.

"너, 연재 덕분에 산 줄 알아!"

승아는 빽 소리를 질렀다. 강치는 혓바닥을 날름 내밀고는 부리나케 교문을 빠져나갔다.

"강치랑 잘 좀 지내보지?"

연재가 싱긋 웃으며 말을 붙였다. 승아는 성난 얼굴로 연재를 보았다. 연재가 알겠다는 듯 고개를 끄덕이고 승아의 팔짱을 꼈다. 그리고 자그마한 유리병을 내밀었다. 승아는 눈을 동그랗게 뜨고 유리병과 연재를 쳐다보았다.

"우리 여기에다가 비밀 편지 넣어 두자!"

"우와!"

승아는 연재가 내민 유리병을 반짝 들어 올렸다. 한 손에 넉넉하게 잡히는 유리병은 겉면이 보석처럼 반짝반짝 빛났다. 햇빛이 있으면 더 반짝반짝 빛날 것 같았다.

"이렇게 예쁜 걸 어디에서 샀어?"

"내가 이런 데는 소질이 좀 있잖아."

연재가 생글거리며 승아를 보았다. 입술 아래쪽에 자그맣게 볼우물이 잡혔다. 어려서부터 연재는 작고 귀엽고 앙증맞은 데다 반짝반짝 빛나는 것을 좋아했다. 그리고 어디에서 사는지는 모르지만 연재는

곧잘 그런 물건들을 사다 날랐다.

승아에게는 신기하기만 한 일이었지만 어쨌든 연재가 내미는 작고 귀엽고 앙증맞은 데다 반짝반짝 빛나는 것들을 승아도 좋아했다. 그런데 앞으로는 연재가 내미는 작고 귀여운 것들을 가까이에서 보지 못할 거였다. 연재는 다음 주 월요일이면 이곳, 의항리를 떠난다. 왈칵 가슴에 물기가 스몄다.

"너, 비밀 편지는 다 썼지?"

연재가 목청을 높였다. 승아의 기운이 스르르 가라앉은 걸 느낀 듯했다. 승아는 입술을 앙다물고 있는 힘껏 고개를 끄덕였다. 그래야 가슴에 차오르는 물기를 걷어 낼 수 있을 것 같았다.

"너는?"

이번에는 승아가 물었다.

"당연히 썼지."

연재가 카랑카랑 대꾸했다. 그러고는 곧장 말을 붙였다.

"이제 비밀 편지를 여기 넣어서 비밀 장소에 보관하자."

승아는 연재를 보며 배시시 웃었다. 연재는 비밀을 참 좋아했다. 그래서 승아의 귀에 대고 속닥속닥 귀엣말을 할 때가 많았고, 연재가 그럴 때면 승아는 피식피식 웃었다. 귓바퀴가 간질간질해서였다.

"너, 내 비밀, 다른 사람한테는 절대로 말하면 안 돼!"

귓속말을 끝내면 연재는 늘 똑같은 말로 승아를 단속했다. 하지만 연재가 말한 비밀들은 공공연한 것들이어서 승아가 굳이 말하지 않아도 마을 사람들 대부분이 알고 있었다. 이를테면 연재에게는 태어날 때부터 심장병이 있다는 것, 원래 연재네 부모님도 승아네 집처럼 굴 키우는 일을 했었는데 연재가 아파서 식당을 시작했다는 것 말이다.

연재랑 속닥거리며 걷다 보니 '연재식당' 앞이었다. 연재네 부모님이 운영하던 굴 음식 전문점, 연재식당은 지난달을 끝으로 문을 닫았다. 아니다. 연재식당은 태안버

스터미널 앞에 새로 문을 열 거다. 의항리에서 차를 타고 자그마치 오십 분이나 달려야 하는 곳에 말이다.

"푸우⋯⋯."

승아 입에서 한숨이 나왔다. 연재가 이사 날을 정한 뒤로 승아의 습관이 되어 버렸다.

"또, 또!"

연재가 소리를 높였다. 승아는 고개를 푹 숙였다.

'김연재, 너는 하나도 서운하지 않은 거지? 거기는 여기보다 훨씬 큰 동네니까 거기에서 새 친구들 잔뜩 사귈 거라 괜찮은 거지?'

승아는 냅다 따져 물을까 생각했다. 하지만 그러고 싶지는 않았다. 오랜 친구와의 이별을 아름답게 만들고 싶었다. 그래야 연재도 승아를 그리워하고 이곳을 찾아올 거였다.

"빨리 집에 가서 가방 벗어 두고, 비밀 편지 갖고 나와."

연재가 말했다. 승아는 힘 있게 고개를 끄덕이고 성큼

성큼 걸음을 디뎠다. 연재식당을 지나 왼쪽 길목으로 들어가면 승아네 집이었다.

반쯤 열린 대문을 밀고 집에 들어섰다. 시멘트를 바른 마당은 고요했다. 이럴 때 아지라도 있으면 좋을 텐데, 늙은 개 아지는 일 년 전에 무지개다리를 건넜다. 승아가 태어나기 전부터 승아네 집에서 자랐던 아지였다. 승아네는 아지를 떠나보낸 뒤 더 이상 개를 키우지 않기로 했다. 아지와의 작별이 너무나 힘들고 슬프고 아팠다.

"푸우……."

이번에는 연재를 떠나보내야 했다. 물론 아지처럼 영영 만나지 못할 곳으로 떠나는 것은 아니지만 그래도 승아는 슬펐다. 연재는 승아와 함께 의항리에서 나고 자란 아이였다. 생각을 하다가 승아는 홰홰 고개를 저었다.

"차로 한 시간도 안 걸리는 곳이야. 만나려고 하면 언제든 만날 수 있어."

이사 소식을 듣고 찔끔찔끔 눈물을 흘리는 승아를 쳐

다보며 연재는 씩씩한 목소리로 말했다.

"언제 만날 건데?"

승아가 연재에게 물었다.

"일단 일 년에 한 번씩 반드시 꼭 만나야 하는 이유를 만들어 놓자!"

연재가 반짝반짝 눈동자를 빛냈다. 그러고는 비밀 편지를 이야기했다.

"너는 나한테, 나는 너한테 비밀 편지를 쓰는 거야. 그걸 비밀 장소에 보관했다가 일 년 뒤에 너랑 나랑 만나서 같이 열어 보는 거지. 그리고 그날, 그다음 해에 펼쳐 볼 비밀 편지를 또 넣어 두고. 어때?"

연재의 말대로 하면 일 년에 한 번은 무조건 만날 수 있을 거였다.

"야, 한 달에 한 번씩 하면 어때?"

"뭐 그래도 좋아!"

연재는 흔쾌히 대답했다. 하지만 연재가 한 달에 한 번씩 의항리를 찾아오기는 무리일 것 같았다. 연재네 부모님이 식당을 시작하면, 쉬는 날이 없을 거였다. 의항리에서도 연재식당은 쉬는 날 없이 문을 열었다.

"일 년에 한 번이라도 꼭 만나자!"

승아는 욕심을 접었다. 그리고 지난밤, 연재가 고른 귀여운 편지지에 연필을 꼭꼭 눌러 가며 편지를 썼다. 연재가 좋아하는 캐릭터 스티커도 아낌없이 붙였다. 그러느라 잠을 설쳤고, 그래서 오늘은 조금 피곤했다. 연재와의 이별이 하루하루 다가오는 게 실감 났고, 승아는 마음이 아렸다.

"유리병에 날짜도 적어 놓자고 해야겠다!"

마루 끝에 가방을 벗어 던지며 승아는 큰 소리로 외쳤다. 그래야 힘이 날 것 같았다. 승아는 신발을 벗고 방으로 들어가, 책상 서랍에 넣어 둔 비밀 편지를 꺼냈다.

"이승아! 집에 들어오자마자 또 어딜 가냐?"

잽싸게 마당으로 나서는데 뒷집과 맞붙은 담벼락 위로

강치가 얼굴을 내밀었다.

"남이야 어딜 가든 말든!"

승아는 사납게 말을 던지고 대문을 나섰다.

강치는 지난여름에 승아네 뒷집으로 이사 왔다. 강치는 할머니랑 둘이 살고 있는데, 강치 할머니는 어렸을 때 의항리에서 살았다고 했다. 강치 할머니는 의항리 토박이인 승아 할아버지와 오랜 친구 사이였고, 승아 할아버지의 소개로 강치네가 승아네 뒷집을 얻게 되었다. 승아 할아버지는 승아에게 강치랑 잘 지내라는 말을 버릇처럼 뱉었다. 하지만 승아에게는 귀한 친구인 연재가 있었다. 연재와 함께하는 시간을 강치에게 빼앗기고 싶지 않았다.

"야! 날짜를 어디에 적어 놓겠다는 거야?"

등 뒤에서 강치가 고래고래 소리를 질렀다.

"아는 척하지 마!"

승아는 고개를 돌려 빽 소리를 지르고 바닷가를 향해 달음박질을 했다. 강치를 피하고 싶었고, 연재를 빨리 만

나고 싶었다.

승아와 연재의 비밀 장소는 해수욕장 너머 바람의 언덕 아래 펼쳐진 바위 절벽이었다. 바위 절벽은 커다란 바윗덩어리가 가로 세로로 쪼개어진 것처럼 불규칙하게 펼쳐져 있는 곳이었다. 절벽 아래로는 평편한 바위가 마치 무대라도 되는 것처럼 바다 위에 박혀 있었다.

승아와 연재는 초등학교에 입학할 무렵 그곳을 발견했다. 그러고는 두 팔을 번쩍 들어 올리며 큰 소리로 "만세!"를 외쳤다.

"여기를 우리 둘만의 비밀 장소로 정하자!"

바위 절벽 앞에서 연재가 말했다. 승아는 단박에 좋다고 했다. 승아가 보기에도 바위 절벽은 근사했다.

그 뒤로 승아와 연재는 둘만의 비밀 장소에서 많은 시간을 보냈다. 철썩거리며 평편한 바위를 때리는 하얀 포말은 승아와 연재의 또 다른 친구였다. 바위 절벽 위를 끼룩거리며 날아다니는 가마우지도 그랬다. 승아와 연재는 이곳에서 따개비랑 어린 게도 잡았다. 가끔씩은 바닷물을 타고 잘못 올라온 어린 물고기를 바다로 돌려보내기도 했고, 바닷물에 떠밀린 해초를 집어다가 얼굴에 붙이고 한참을 누워 있기도 했다.

"하아……."

콧잔등이 시큰해졌다. 승아는 고개를 반짝 들어 하늘을 보았다. 낮게 깔린 구름이 영 마음에 들지 않았다. 승아는 고개를 돌려 마을 쪽을 보았다. 바닷가에서 마을로 넘어가는 길목에 줄줄이 늘어선 굴 막에서 까르르 웃음소리가 터졌다.

매년 이맘때면 마을은 온통 굴 천지였다. 의항리에서는 오래전부터 대부분의 집에서 굴을 키웠다. 매일 아침 해가 밝기도 전에 마을 사람들은 바다에 나가 굴을 땄고, 바닷가에 지어 놓은 막사에 옹기종기 둘러앉아 해가 지도록 굴 껍데기를 떼어 냈다. 분명히 고단한 일일 텐데도 굴 막에는 웃음이 넘쳤다. 굴을 키우고 껍데기를 떼어 내

파는 일은 마을 어른들의 주요 수입원이었다.

"연재야!"

마침 잰걸음으로 다가오는 연재가 보였다. 승아는 팔을 번쩍 들어 연재를 불렀다. 연재가 유리병을 반짝 들어 올리며 발짝을 크게 뗐다. 달리기라도 하려는 듯 보였다.

"천천히 와!"

승아는 두 손을 입에 대고 큰 소리로 말했다. 연재가 히죽 웃으며 걸음을 늦췄다. 연재는 뛰면 안 되는 아이였다.

"자, 여기에 넣어!"

바위 절벽에 닿으며 연재가 유리병을 내밀었다. 유리병에는 연재가 쓴 것으로 보이는 편지가 한 통 담겨 있었다. 승아는 연재에게서 유리병을 받았다. 그리고 코르크 마개를 열고 집에서 가져온 편지를 돌돌 말아 유리병에 넣었다.

"오늘 날짜 써 놓자!"

승아가 말했다. 연재가 싱긋 웃으며 메고 온 작은 가방에서 까만 매직을 꺼냈다.

"오늘이⋯⋯."

"2007년 12월 6일!"

승아가 얼른 대꾸했다. 연재는 유리병에 정성껏 날짜를 적었다.

"이걸 어디다 두지?"

승아가 바위 절벽을 올려다보았다. 연재도 유리병을 들고 바위 절벽을 보았다. 잘게 쪼개진 바위틈에는 듬성듬성 뚫린 구멍이 많았다. 연재가 말했다.

"우리 키 높이에 넣어 두자!"

좋은 생각 같았다. 연재는 팔을 쭉 뻗어 키가 닿을 법한 높이의 구멍을 찾아 유리병을 끼웠다. 유리병은 맞춘 듯이 잘 들어갔다.

"내년에는 더 높은 데에다 끼워 둘 수 있겠지?"

연재가 승아를 쳐다보며 빙시레 웃었다. 승아도 연재와 눈을 맞췄다. 내년에도 연재랑 둘이 이곳에 와서 비밀 편

지를 꺼내 읽고, 파도 소리를 들으며 노래하고, 가마우지
와 함께 춤을 춰야지. 승아는 다시 한번 다짐했다.

쾅! 쾅! 쾅!

2007년 12월 6일 오후 2시

잔뜩 내려앉은 하늘은 우중충하기 짝이 없었다.

선장은 인천기상대에서 발표한 기상 상황을 다시 한번 점검했다.

서해 중부 먼바다 기상 악화

"흠!"

선장은 턱을 쓰다듬으며 눈썹을 찡그렸다. 잠시 뒤에는 예인선으로 해상 크레인을 끌고 인천을 떠나야 했다.

"기상 상태가 좋지 않습니다. 특히 우리가 지나가야 할 항로가 좋지 않아요."

선장은 상부에 기상 상황을 전하고 출항 연기를 요청했다. 상부에서는 내일 오전 업무 시간 전까지 인천에 있는 해상 크레인을 경남 거제로 옮기라는 지시를 내렸다. 하지만 오늘 밤, 바다는 위험해 보였다. 선장의 오랜 경험치가 그렇게 속삭였다.

"공사가 끝난 현장에 대형 크레인을 그냥 둘 수 없잖아요? 유지비 나가는 것도 생각하셔야지요!"

상부의 답은 간단했다. 일말의 여지도 없었다.

"그래도 기상 상황을 무시하고 출항했다가 사고라도

나면……."

"우리 해상 크레인 규모 모르세요? 1만 2천 톤급입니다. 어지간한 기상 상황에서는 잘 버티어 낼 테니 걱정 말고 출항하세요."

"푸우!"

선장은 눈살을 찌푸리며 고개를 저었다. 돈을 받고 일을 하는 처지에 자기 생각만 고집할 수 없었다. 선장이 해상 크레인을 옮기지 않으면 회사는 막대한 손해를 입을 거였다. 해상 크레인을 같이 옮길 또 다른 예인선의 선장도 상부의 지시를 따르자고 했다. 어쩔 수 없었다.

"출항 준비!"

선장은 결단을 내렸다.

"하늘이 좋지 않은데요!"

갑판장을 비롯한 선원들의 반발이 일었다. 그들 또한 선장 못지않게 바다에서 잔뼈가 굵은 사람들이었다. 하늘과 바람의 움직임을 귀신같이 읽었다.

"오늘 밤에 무조건 옮기랍니다."

선장은 사뭇 비장한 투로 말했다.

"아, 그래도 좀 거시기한데……."

선원들은 저마다 불만을 터뜨리며 느릿느릿 몸을 일으켰다. 돈을 벌려면 움직여야 했다.

12월 6일 오후 2시 50분.

뚜우 뚜-

출발을 알리는 뱃고동이 울었다.

두 척의 예인선은 1만 2천 톤급의 해상 크레인을 이끌고, 인천항을 떠났다.

먼바다로 나아갈수록 바람 소리는 위협적이었고, 바다

는 거침없이 출렁거리며 뱃머리를 때렸다. 기상 예보가 맞았다. 그래도 예인선의 운항에는 무리가 없었다.

'고집부리지 않기를 잘 했어.'

선장의 마음에 차츰 안도감이 스몄다. 선원들의 얼굴에도 조금씩 편안함이 머물렀다. 잔뜩 흐린 하늘에 주홍빛 노을이 선명하게 내렸다.

조리실에서 준비한 음식으로 배를 채우고, 선원들은 각자의 자리로 돌아갔다. 선장도 조타실에 앉아 먼바다를 내다보았다. 자정을 넘긴 하늘에는 달빛 한 줄기도 비치지 않았다. 시커먼 바다 위로는 요란스럽게 바람이 일었다.

새벽 3시. 초속 10미터가 넘는 강풍에 바다는 맥없이 흔들리며 3미터를 훌쩍 넘기는 파도를 만들어 냈다. 기상청에서는 풍랑 주의보를 내렸다.

"몇 시간만 잘 버티면 돼!"

선장은 선원들을 독려하며 항해를 지속했다. 오전 8시

면 거제에 닿을 거였다. 하지만 새까만 바다에 하얗게 들러붙은 파도는 뱃머리를 사정없이 뒤덮었다. 바람의 위력은 더욱 거세어졌고, 바람과 파도의 힘에 예인선이 휘청거렸다. 그러는 새 조타수의 목소리가 치솟았다.

"예정 항로를 이탈했습니다!"

새벽 4시를 조금 넘긴 시각이었다. 조타수의 목소리는 다급했다.

"어느 쪽으로 벗어난 거야?"

"남동쪽이에요!"

남동쪽이라면 육지에 가까웠다. 1만 2천 톤급의 해상 크레인을 육지와 인접하게 끌고 갈 수는 없었다. 배의 경로를 바로잡아야 했다. 하지만 바람의 힘은 거셌다. 이대로 항해를 지속하기는 무리였다. 선장은 곧장 인천지방해양수산청에 연락했다.

"회항하십시오. 항로를 비워 두겠습니다."

관제사는 즉시 대답하고, 해상 크레인이 운항할 항로

를 찍어 보냈다. 하지만 문제는 배에 있었다.

"바람이 너무 거셉니다! 도저히 회항을 할 수가 없어요!"

조타수가 버겁게 말했다. 선장은 모든 인력을 총동원했다. 하지만 배는 쉽사리 몸을 돌리지 않았다.

"그냥 예정대로 항해하겠습니다!"

선장은 인천지방해양수산청에 다시 연락했다. 어차피 기상 상황은 좋지 않았고, 회항을 하느니 예정대로 항해를 하는 게 나을지도 몰랐다. 선장은 기도하는 마음으로 시커멓게 일렁이는 바다를 내다보았다.

따르르릉!

새벽 6시 20분. 선장의 휴대전화 벨이 울렸다. 충남 서산에 있는 대산지방해양수산청 관제실이었다.

"선장님, 왜 이렇게 호출을 안 받으십니까?"

관제사의 목소리가 쩌렁쩌렁 울렸다.

"지금 기상 상황 때문에 정신이 없습니다."

선장이 대꾸했다. 그러기가 무섭게 관제사가 외쳤다.

"지금 항로를 계속 벗어나고 계신데요. 인근에 유조선
이 정박 중에 있습니다. 주의하십시오."

전화를 끊고 선장은 모니터를 확인했다. 관제사의 말
대로 멀지 않은 곳에 제법 큰 규모의 유조선이 정박해 있

는 게 보였다.

"우현으로 배를 돌려."

선장이 소리쳤다. 조타수는 다급하게 키를 돌렸다.

"잠깐만! 이거, 와이어가!"

이번에는 갑판에서 비명 같은 외침이 울렸다. 선장은

정신이 없었다. 황급히 갑판을 확인하려는 찰나였다.

우지끈!

비바람을 뚫고 강력한 쇳소리가 솟았다. 동시에 배가 중심을 잃고 심하게 흔들렸다. 해상 크레인과 배를 이어 놓은 와이어가 끊어져 버렸다. 손 쓸 틈이 없었다. 해상 크레인에서 떨어져 나온 선장의 배는 거침없는 파도에 휩쓸렸고, 육중한 크레인은 중심을 잃은 채 파도와 함께 떠밀리기 시작했다.

쾅! 쾅! 쾅!

인천을 떠나 경남 거제로 향하던 해상 크레인이 15만 톤급의 거대한 유조선에 부딪혔다. 총 아홉 차례의 충돌로 유조선의 원유 저장 탱크에 세 개의 구멍이 뚫렸고, 시커먼 원유가 바다를 향해 폭포수처럼 쏟아졌다. 2007년 12월 7일 오전 7시 6분, 충남 태안 앞바다였다.

환송회

2007년 12월 7일 오전 7시

방문 밖이 부산스러웠다. 아마도 아침 7시쯤 되었을 거였다. 어쩌면 그보다 더 빠를지 몰랐다. 11월부터 이듬 해 2월까지 의항리 사람들은 매우 부지런해진다. 잠보다 일이 최고의 행복인 것처럼 밤에도 낮에도 일을 한다. 굴 때문이다. 이불 속에서 승아는 도리질을 했다. 승아는 잠 자는 시간이 누구보다 행복하다. 물론 굴을 좋아하기는 하지만 말이다.

"승아야, 그만 일어나지?"

방문 밖에서 엄마가 승아를 불렀다. 승아는 눈을 질끈

감고 몸을 외로 틀었다.

"이승아!"

엄마가 기어이 승아의 방문을 열었다.

"몇 신데?"

"6시 넘었어."

"아직 7시도 안 됐잖아!"

"굴 따는 때잖아. 알면서 이래?"

엄마 목소리에 가시가 돋쳤다. 그러면 일어나야 한다. 더 버티었다가는 빽 고함이 터질 거였다. 승아는 얼굴을 있는 대로 구기며 자리에서 일어나 앉았다.

"새벽에 굴 땄어?"

지난밤, 바다에는 풍랑 주의보가 내려졌다. 풍랑 주의보가 떨어지면 바다 일은 멈춰야 한다. 바다에서 일하는 사람들의 안전을 위해서다.

"주의보 떴는데 굴을 어떻게 따!"

"굴도 못 땄는데 왜 이렇게 일찍……."

승아가 투덜거리는데 엄마가 승아의 이불을 반짝 들어 올렸다. 어쩔 수 없이 승아는 마루로 나왔다.

12월 초, 아침 공기는 쌀쌀했다. 잔뜩 흐린 하늘에는 햇빛 한 점 보이지 않았고, 멀리 보이는 바다에는 몸집을 잔뜩 불린 파도가 세찬 포말을 일으키며 울부짖었다.

승아는 활짝 열린 마루의 미닫이문을 부리나케 닫았다. 굴 작업은커녕 승아 아빠가 일하는 전복 작업장도 오늘은 쉬어야 할 것 같았다. 날씨의 기세가 그랬다.

"할아버지랑 아빠는 어디 가셨어?"

승아가 엄마에게 물었다. 엄마는 그새 승아 방 정리를 마치고 부엌으로 종종걸음을 쳤다.

"바다에 가셨지."

"아아!"

승아는 고개를 주억거리며 엄마 뒤를 쫓았다.

할아버지와 아빠는 의항리에서 평생을 살았다. 물론 승아도 의항리에서 태어나 지금까지 살고 있기는 하지만 할아버지와 아빠는 이곳에서 평생 바다 일을 하며 살고 있다. 의항리는 원래 좋은 굴이 많이 나기로 유명했다. 그래서 할아버지도 아빠도 굴을 키우며 살았는데, 몇 년 전부터 아빠는 전복을 키우고 있다. 어촌계에서 전복 양식을 권장했기 때문이다. 어쨌든 평생을 바다에서 일하고 있는 할아버지와 아빠는 마음이 아주 잘 맞았다. 풍랑주의보 때문에 바다 일을 못 하는 오늘도 할아버지와 아빠는 나란히 바다에 나가 양식장 주변을 둘러보고 있을 거였다. 파도와 바람을 살피며 말이다.

"엄마, 아침에는 생선 음식 좀 안 주면 안 돼요?"

식탁 앞에 앉아 승아가 입을 삐죽 내밀었다. 엄마가 두 눈에 쌍심지를 켜고 승아를 보았다. 아침부터 반찬 투정을 한다고 눈으로 혼을 내고 있는 거였다. 승아는 우럭간장조림을 젓가락으로 깨작거렸다. 생선을 먹고 학교에 가면 하루 종일 입안에서 비린내가 났다. 아무리 양치질을 열심히 해도 말이다.

"바닷가에 사는 사람이 비린내 나는 걸 싫어하면 어떡
해."

엄마가 냉장고에서 달걀 두 알을 꺼내며 퉁을 놓았다.
승아는 잽싸게 젓가락을 내려놓았다. 조금 있으면 달걀
프라이 두 점이 접시에 담겨 나올 거였다.

"완전 싫어하는 건 아니고……."

"그러니까 아침이든 점심이든 무슨 상관이냐고."

"피이……."

숟가락을 쪽쪽 빨고 있는데 바깥에서 인기척이 들렸
다. 할아버지와 아빠가 들어오는 거였다. 승아는 잽싸게
부엌문을 열었다. 할아버지가 마당에 있는 수도꼭지를
열고 푸우푸우거리며 세수를 했다.

"물 차갑지 않아요?"

승아가 큰 소리로 물었다.

"이 정도 가지고 뭐!"

할아버지가 호방하게 대꾸하고는 벽에 걸린 수건으로

얼굴을 벅벅 문질렀다. 그러는 새 아빠도 부엌으로 들어
왔다. 아빠는 우럭간장조림을 보더니 이를 드러내며 벙
싯 웃었다. 우럭간장조림은 아빠가 제일 좋아하는 반찬
이었다. 승아 옆에 달걀프라이가 놓였다. 할아버지도 식
탁 앞에 자리를 잡았다.

"바다는 좀 어때요?"

엄마가 할아버지 앞에 된장국을 올려놓았다. 구수한
냄새가 연기처럼 모락모락 피어올랐다.

"오늘 밤은 지나야 가라앉을 것 같다."

할아버지 말을 들으며 승아는 고개를 끄덕였다. 경험
치가 오래 쌓인 할아버지는 어지간한 일기 예보보다 날
씨를 잘 맞혔다.

아침 식사를 마치고, 식탁 위를 정리하고 있는데 전화
벨이 울렸다. 아침 7시 10분. 승아의 언니, 정아의 전화였
다. 태안초등학교 의항분교를 졸업한 정아는 태안중학교
에 다니기 시작하면서 태안에 사는 이모 집에서 지내고

있었다. 정아가 집을 떠난 덕분에 승아는 널찍한 방을 혼자 차지하고 있다.

"승아야, 전화!"

정아와 통화를 마치고, 엄마가 전화기를 승아에게 내밀었다.

"이승아, 너 요새 수행 평가 기간이지?"

전화를 받자마자 정아가 냅다 물었다. 승아는 눈살을 찌푸렸다. 고작 세 살 차이인데 정아는 어지간히 언니인 척 잔소리를 해 댔다.

"수행 평가 잘 챙겨라. 버릇이 잘 돼야 중학교 때도 수월해."

"아, 알았어!"

승아가 빼액 소리쳤다. 옆에서 그릇을 정리하던 엄마가 눈을 휘둥그레 뜨더니 고개를 절레절레 저었다.

"야, 언니가 동생을 위해서 귀한 말씀 해 주시는데 반응이 왜 이 모양이야?"

전화기 너머에서 정아도 쉿소리를 냈다. 승아는 전화기에 대고 입술을 푸르르푸르르 털었다. 엄마가 쯧쯧 혀를 차더니 큰 소리로 말했다.

"낼모레 연재 이사 간다고 내내 부루퉁퉁이다!"

"맞다, 연재 이사 간댔지?"

정아 목소리가 살짝 누그러졌다.

"그래도 뒷집에 강치 있잖아. 강치랑……."

"언니!"

승아가 발칵 성질을 내며 정아의 말을 잘랐다. 그렇지 않아도 마을에 또래 아이로 문강치 하나만 남는 게 승아는 더 속이 상했다. 차라리 아무도 없는 게 나을 것도 같았다. 이게 다 할아버지 때문이었다. 할아버지가 강치네를 뒷집으로 끌어들이지만 않았어도…….

정아는 등교 준비를 한다며 전화를 끊었다. 전화로 승아 속만 득득 긁어 놓고 말이다. 승아는 인상을 팍팍 구기며 가방을 챙겼다. 오늘은 연재와 함께 의항분교에 가는 마지막 날이다.

집을 나와 학교로 향하는 길목에서 연재를 만났다. 연재는 머리를 양 갈래로 땋아 내리고 두툼한 모직 코트를 입었다. 평소보다 차분해 보였다.

"너, 자주 올 거지?"

걸음을 옮기며 승아가 물었다.

"당연하지. 걱정 마."

연재가 승아의 팔을 꼭 잡았다. 승아는 연재의 손등에 손을 얹었다. 그리고 속으로 생각했다.

'김연재, 아프지 마. 건강해야 해.'

짧은 생각이 또 울음을 밀고 왔다. 승아는 흠흠 헛기침을 하고 하늘을 올려다보았다. 연재의 이사와 전학은 바꿀 수 없는 현실이었다. 그렇다면 내일을 준비하며 힘을 내야 했다. 그게 맞았다.

6교시 수업이 시작되는데, 선생님이 케이크를 들고 교실로 들어왔다. 아이들이 "와아!" 함성을 질렀다.

"오늘은 우리랑 오랜 시간 함께했던 연재가 의항분교에서 보내는 마지막 날이야."

선생님이 연재를 보았다. 반 아이들의 눈길도 휘리릭 연재에게로 향했다. 연재가 얼굴을 붉히며 고개를 숙였다.

"연재가 전학 간 곳에서도 바르고 예쁘게 또 건강하게 보냈으면 하는 마음을 담아 환송회를 하자."

선생님이 말을 끝냈다. 승아는 곧장 손뼉을 쳤다. 선생님의 마음새가 고마웠다.

반 아이들은 선생님이 내민 편지지에 연재에게 보내는 짧막한 글을 적었다. 그러는 동안 연재도 반 아이들 전체에게 편지를 썼다. 반 아이들 사이를 돌고 돌아 승아에게도 편지지가 닿았다. 승아는 등굣길에 연재 손을 잡고 되뇌었던 말을 편지지에 적었다. 코끝이 시큰했다.

케이크에 초를 꽂았다. 연재가 케이크 앞에 나섰다.

"전학 축하합니다. 전학 축하합니다. 사랑하는 김연재

전학 축하합니다."

아이들이 가사를 바꾼 생일 축하 노래를 큰 소리로 불렀다. 연재가 보조개를 찍으며 아이들을 둘러보았다.

"의항분교에서 함께 보낸 오 년을 잊지 않을게. 오래오래 기억하고, 해마다 놀러 올게. 너희들도 모두 건강하게 잘 지내. 만약에 중학교를 태안에서 다니게 된다면 그때 같은 학교, 같은 교실에서 다시 만나자."

연재가 짧게 쓴 편지를 낭독했다. 연재의 목소리를 들으며 승아는 둘만의 비밀 편지를 생각했다. 비밀 편지에는 어떤 글이 적혀 있을까 궁금했다.

케이크를 나눠 먹고, 아이들 몇몇이 교실 앞에 나가 노래를 불렀다. 아이들의 노래를 들으며 연재는 환하게 웃었다. 환송회가 눈물로 얼룩지지 않아서 좋았다. 다시 만날 거니까, 굳이 눈물을 흘릴 필요가 없었다. 승아는 그렇게 다짐했다.

"오늘 수업은 여기까지! 그리고 오늘 아침에 먼바다에

서 유조선이랑 해상 크레인이 충돌해서 기름이 유출되었다고 하거든."

선생님이 뜻밖의 소식을 전했다. 아이들은 눈을 휘둥그레 뜨고 선생님을 보았다.

"지금 방제 작업 중이라니까 별일은 없겠지만, 어쨌든 바다에서 사고가 생겼으니까 내일, 쉬는 토요일이라고 망아지처럼 뛰어다니지 말고, 조신하게 보내도록!"

말끝에 선생님이 싱긋 웃었다. 진짜로 별스럽지 않은 사고인 듯했다. 아주 잠깐 조용해졌던 교실이 금세 시끌시끌해졌다. 수업은 끝났고, 내일은 선생님 말대로 쉬는 토요일이었다. 승아랑 연재가 비밀 장소에서 하루 종일 함께할 수 있는 날이었다.

먼바다의 사고

승아랑 연재는 오후 2시를 넘겨 마을에 닿았다. 그러
도록 바람은 잦아들지 않았다.

"이렇게 바람이 세어서야 방제 작업이 잘 될까?"

둘의 뒤를 쫄래쫄래 쫓아오며 강치가 말을 붙였다.

"네가 무슨 상관?"

승아가 강치의 말을 튕겼다. 강치네는 마을에서 바다
일을 하지 않는 몇 집 가운데 하나였다. 물론 강치 할머
니는 바다 일이든 밭일이든 가리지 않고 닥치는 대로 했
지만 대부분은 식당이나 민박집에서 허드렛일을 했다.

그러니까 바다에서 사고가 나든 말든 강치네와는 크게 상관이 없었다.

"우리 할머니도 굴 껍데기 떼는 일 하시거든!"

강치가 목소리를 높였다. 마치 뿔이 난 것 같았다. 그

래도 승아는 신경 쓰고 싶지 않았다. 연재랑 둘이서만 놀

고 싶었다.

"오늘 굴 작업 못 해서 굴 껍데기 떼는 일도 없겠네."

승아 속도 모르고 연재는 강치의 말을 친절하게 받았

다. 승아는 입을 오물거리며 마을 앞 먼바다를 내다보았다. 바다는 여전히 출렁거리며 잔뜩 키운 몸집을 뽐냈다. 그뿐, 바다에 이상한 조짐은 보이지 않았다. 선생님 말씀처럼 먼바다에서 일어난 사고는 잘 수습이 되고 있는 듯했다. 강치가 틀렸다.

"연재야, 거기에서 만나."

승아는 연재에게 귓속말을 하고 뚜벅뚜벅 걸음을 옮겼다.

"야, 이렇게 바람이 부는데 거기를 또 가?"

등 뒤에서 강치가 아는 체했다.

"우리가 어디를 가는데?"

승아는 매서운 눈으로 강치를 째렸다. 강치는 못 들은 척 몸을 돌리더니 성큼성큼 앞장서 걸었다. 승아는 강치를 향해 혓바닥을 길게 내밀었다. 강치가 아는 척도 친한 척도 그만했으면 싶었다.

"강치, 가여운 애야. 이것저것 잘 챙겨 주고 잘 지내."

할아버지가 그렇게 당부만 하지 않았어도! 아니다. 처음 만났을 때 강치가 승아에게 조금만 친절했어도 승아는 이렇게까지 강치를 미워하지 않았을 거다.

강치가 이사 온 첫날이었다. 강치는 이삿짐이 들어가는 걸 뚱한 얼굴로 쳐다보고 있었다.

"문강치, 안녕? 나는 여기 살아. 이승아!"

승아는 할아버지의 당부가 생각나서 강치에게 다가가 아는 체를 했다.

"너, 나 알아?"

강치는 눈썹을 치켜세우고 냉랭하게 대꾸했다. 그러고는 팽하니 몸을 돌려 집 안으로 들어가 버렸다. 승아는 가슴이 쿵덕쿵덕 뛰었다. 얼굴도 붉게 달아올랐다. 잘못한 것도 없이 상대에게 패대기쳐진 기분이었다.

"나쁜 자식!"

할아버지의 당부고 뭐고 필요 없었다. 승아는 강치가 사과를 할 때까지 절대로 강치와 친해지지 않겠다고 다짐했다. 그 뒤로 강치는 같은 학교, 같은 교실에서 수업을 듣게 되었고, 친절한 연재 덕분인지 조금씩 사글사글해졌다. 그래도 승아에게 사과 한 마디 없었다. 그래서 승아는 강치에게 친절해질 수 없었다. 강치만 보면 내내 언짢았다.

가방을 벗어 두고 연재식당 앞에서 연재를 만났다. 둘은 다시 비밀 장소를 향해 방향을 틀었다. 바람 소리는 여전히 요란했고 바닷가 굴 막은 조용했다. 그런데 마을 사람들이 바닷가에 나와 서성거렸다. 그중에는 승아 엄마도 있었다. 승아 엄마는 바다 일보다는 밭일에 더 관심이 많았다. 집 뒤쪽에 마련한 그리 크지 않은 밭에서 엄마는 가지며 옥수수, 고추, 양파, 대파 등등 갖가지 채소를 길러 냈다.

"엄마!"

승아가 엄마를 향해 손을 흔들었다.

"어디 가?"

엄마가 물었다. 엄마 옆에는 연재 엄마도 있었다.

"오늘은 집에서 놀아."

연재 엄마가 외쳤다.

"그냥 잠깐만 놀다 들어갈게요."

승아가 연재 엄마에게 대꾸했다. 연재 엄마가 한달음에 쫓아왔다.

"바다에서 사고가 났대. 아직 수습 중이라는데 어떻게 될지 몰라."

연재 엄마가 연재의 겉옷을 매만졌다. 얼굴에는 걱정이 가득했다. 연재가 물끄러미 승아를 보았다. 오늘은 비밀 장소에서 놀기 어려울 것 같았다.

비밀 장소를 포기하고, 승아와 연재는 마을 어른들이 모여 있는 곳으로 다가갔다. 어디에선가 휘발유 냄새가 날아드는 것 같았다. 큼큼. 냄새를 맡다가 승아는 얼굴을 찌푸렸다.

"놀다 간다더니?"

엄마가 승아 곁으로 다가왔다.

"뭐 하나 싶어서……."

승아는 고개를 돌려 마을 어른들을 살폈다. 할아버지를 비롯한 어른들 대부분이 보였는데 아빠는 없었다.

"아빠는?"

승아가 엄마에게 물었다.

"어촌계에서 회의하나 봐."

"회의?"

승아는 질문을 던지며 고개를 갸우뚱 기울였다. 먼바다에서 사고가 났고, 사고는 수습 중이라는데, 어촌계에서 회의할 일이 뭐가 있을까 싶었다. 승아는 고개를 절레절레 저었다. 그러고 보면 어른들은 둘러앉아 회의하는 걸 참 좋아하는 것 같았다. 동네에 어촌계를 처음 만들 때도 그랬다. 전복이 낫네, 굴이 좋네 말다툼을 벌여 가면서 말이다.

"제대로 처리하고 있는 거 맞겠지요?"

굴 막 옆집에 사는 아주머니가 덜덜 떨리는 목소리로
물었다.

"하고 있다니까 믿어야지, 뭐."

부녀회장 아주머니가 어깨를 옴츠리며 대꾸했다.

"이게 무슨 냄샌가, 골이 지끈지끈하네."

머리가 허연 할머니가 도리질을 했다. 바람을 타고 날
아오는 냄새는 고약했다.

"회관에 가서 김치전이나 부쳐 먹을까요?"

부녀회장 아주머니가 흰머리 할머니의 팔을 잡았다.
할머니가 활짝 웃으며 좋다고 했다.

"내가 막걸리 한 사발 갖고 갈게!"

할아버지 또래의 어르신이 말했다.

"그럼 감자전도 부쳐야겠네!"

부녀회장 아주머니가 벙글거리며 대꾸했다. 여기저기
에서 김치를 가져가겠다, 호박을 가져가겠다 말을 받았
다. 얼굴을 구긴 채 먼바다를 바라보던 어른들의 말문이

동시에 트인 것 같았다. 마을을 향해 어른들이 우르르 몸을 돌렸다.

"너희들도 집에 가서 놀아. 김치전 부치면 갖다줄게."

연재 엄마가 연재를 잡았다.

"여기 조금만 더 있다가 갈게."

연재가 말했다.

"바다 말이야. 이사 가면 보고 싶어도 자주 볼 수 없을 거잖아."

연재가 목소리에 힘을 넣었다. 연재 엄마는 얼굴을 찡그리며 바다를 보았다.

"머리 아플 것 같은데……"

"조금만 있다가 금방 들어갈게."

연재가 고집을 부렸다. 연재 엄마는 빨리 들어가라 당부하고는 승아 엄마의 뒤를 따랐다.

"강치네도 같이 가지."

승아 할아버지 목소리가 묵직했다. 승아는 고개를 돌

려 할아버지를 보았다. 할아버지 옆에는 강치 할머니가 있었다.

"내가 뭘 굳이……."

강치 할머니가 입술을 앙다물며 몸을 돌렸다. 집으로 가려는 듯 보였다.

"여기에서 살기로 작정했으면 사람들이랑 좀 어울리고 그래야지. 언제까지 그렇게 돈 되는 일만 쫓아다닐 거야?"

할아버지가 소리쳤다. 승아는 깜짝 놀라 할아버지를 쳐다보았다. 할아버지가 강치 할머니를 윽박지르는 건 처음 보았다.

"나 살기 바쁜데 그럼 뭐 어쩌라고!"

강치 할머니가 우악스럽게 대꾸했다. 그러다 승아와 눈이 딱 마주쳤다. 승아는 옴찔했다. 강치 할머니의 눈빛이 이글이글 타오르는 것 같았다. 강치 할머니는 승아와 연재를 힐끗 쳐다보고는 무안한 듯 고개를 돌렸다. 그러고는 성큼성큼 마을로 향했다.

승아 할아버지가 고개를 저으며 끌탕

을 했다. 어디에선가 강치가 훌쩍 나타

났다. 그러고는 할머니의 손을 잡고 할머니와

발을 맞췄다. 저럴 때 보면 성격이 아주 나쁜 아이

같지는 않았다.

"에이춰!"

연재가 재채기를 했다.

"그만 들어가자."

승아는 연재의 팔을 잡았다.

"그냥 재채기 한 번 한 건데……."

"그래도 너희 엄마가 걱정하잖아!"

승아가 연재를 잡아끌었다. 연재는 아쉬운 듯 뒤를 돌아보며 걸음을 옮겼다.

연재네 집에 막 들어서는데 연재 엄마가 두 손 가득 음식 재료를 챙겨 들고 나왔다. 그러고는 연재를 보며 반색을 했다. 연재가 바닷가에서 오래 머무를까 봐 걱정이 컸던 듯했다.

"엄마가 김치전이랑 골뱅이무침에 소면 넣어서 갖다줄게."

연재 엄마가 활짝 웃으며 집을 나섰다. 입안에 꼴깍 침이 고였다. 연재네가 이사를 가면, 연재 엄마가 만들어

주는 골뱅이무침에 소면이 그리울 것 같았다.

연재가 방에서 스케치북과 크레용을 들고 거실로 나왔다. 연재는 쓰고 그리는 걸 참 좋아했다. 승아는 제 집인 양 텔레비전을 켰다. 연재네 오면 늘 그랬다.

"우리 초상화 그리기 할까?"

연재가 거실 탁자 앞에 앉아 반짝 눈을 빛냈다. 승아는 곧장 좋다고 했다. 서로의 초상화를 그리려면 둘은 서로를 오랫동안 쳐다보아야 할 거였다. 나쁘지 않았다.

"최대한 예쁘고 귀엽게 그려 줘야 해."

연재가 새치름하게 말을 뱉고 스케치북을 펼쳤다. 승아도 스케치북을 열고 연필을 잡았다.

"오늘 아침 7시 6분 충남 태안 앞바다에서 15만 톤급 유조선에 해상 크레인이 충돌하여 원유 저장 탱크에 구멍이 뚫렸습니다."

텔레비전에서 아나운서 아저씨의 목소리가 또랑또랑하게 들렸다. 승아와 연재는 그림을 그리다 말고 텔레비

전을 보았다. 텔레비전 화면에 바다 한가운데 우뚝 서 있
는 커다란 유조선이 보였다. 그 주위로 검은 기름이 꽤나
넓게 퍼져 있었다.

"허얼!"

연재가 탄식을 뱉었다.

"엄청나게 많이 쏟아졌는데?"

승아도 놀란 듯 목청을 높였다.

"사고는 해상 크레인을 이끌고 항해하던 두 척의 예인

선 중 좌측 예인선의 와이어가 절단되자, 크레인이 밀려 입항 대기 중인 유조선에 충돌하면서 벌어진 것으로……."

아나운서 아저씨가 줄줄이 사건 경위를 읊었다. 하지만 승아도 연재도 정확하게 이해하기는 어려웠다. 어쨌든 엄청나게 많은 양의 원유가 바다에 쏟아졌다는 것 그리고 파도가 심하여 초기에 오일펜스를 제대로 설치하지 못하였다는 사실은 알 수 있었다.

"오일펜스가 뭐지?"

"글쎄?"

연재의 물음을 승아가 되받았다. 뉴스에서 흘러나오는 단어들은 모두 어려웠다.

"아무튼 되게 안 좋은 거지?"

연재가 물었고, 승아는 뚱한 표정으로 고개를 끄덕였다. 바다에 검은 기름이 엄청나게 많이 쏟아졌다니 좋을 리 없었다. 승아는 되풀이되는 뉴스 화면만 뚫어져라 쳐다보았다.

한밤중
사이렌 소리

저녁을 먹고 아빠는 다시 집을 나갔다. 아빠는 어촌
계 아저씨들과 함께 바다를 둘러본다고 했다. 할아버지
는 어둑한 마당에 나가 굴 양식에 쓸 나무 막대기를 다듬
었다. 태안 앞바다는 밀물과 썰물의 차이가 큰 지역이라,
마을에서는 기다란 나무 막대기를 바다 가까운 갯벌에
박고 길게 줄을 늘어뜨린 뒤 씨조개를 붙여 굴을 키웠다.

"벌써 내년에 쓸 걸 준비하시는 거예요?"

승아가 할아버지 곁에 바짝 다가앉으며 물었다.

"그럼! 어부는 손이 부지런해야 해. 오늘 할 일은 물론

이고 내일 할 일도 부지런히 마쳐 놓아야 잘 살 수 있지."

할아버지가 바지런히 나무 막대기를 다듬으며 말했다.

"잘 사는 게 뭔데요?"

승아가 물었다. 할아버지가 손을 멈추더니 승아를 쳐다보았다.

"글쎄다, 허허! 부지런히 일할 생각만 했지, 잘 사는 게 뭔지는 생각해 보지 않았네."

할아버지는 말끝에 또 허허 웃었다. 그런데 웃음 끝이 조금은 헛헛하게 들렸다. 할아버지에게 괜한 말을 한 것 같았다. 승아가 허리를 곧추세우며 말했다.

"우리 가족 모두 건강하고, 싸우지도 않고……. 잘 살고 있는 것 같아요."

"허허, 그래?"

"네! 이게 다 할아버지가 부지런히 일한 덕분인 것 같아요."

승아가 할아버지를 보며 헤헤 웃었다.

"우리 승아도 다 컸네, 할아버지한테 그런 말도 할 줄 알고. 허허."

할아버지가 또 허허 웃었다. 이번에는 진심으로 허허 웃는 것 같았다. 승아 마음이 조금은 개운해졌다.

"할아버지는 굴 농사짓는 거 재밌어요?"

"재밌지!"

"진짜요?"

승아가 눈을 휘둥그레 떴다. 일을 하는 건데 재미있다니 신기했다.

"굴 농사 덕에 우리 식구 모두 잘 살고 있잖아. 그러니 재밌지."

할아버지 말에 승아는 고개를 크게 끄덕였다. 할아버지는 일이 재밌는 게 아니었다. 일을 해서 돈을 벌어 우리 가족 모두 건강하게 잘 지낼 수 있으니 그게 좋은 거였다. 할아버지가 더 재미있게 일을 하려면 굴 농사가 잘되어야 했다. 승아는 바다에서 불어오는 바람이 어서 잦아들었으면 싶었다. 굴 작업은 이맘때가 딱 알맞은 시기였다. 지금 이 시기를 놓치면 일 년을 허덕거리면서 지내야 했다. 굴을 키우고 파는 일은 그랬다.

어느새 사방이 깜깜해졌다. 승아는 할아버지와 노닥거리다가 방으로 들어왔다. 연재가 그려 준 승아의 초상화가 책상 위에 얌전히 놓여 있었다. 승아는 자신의 초상화를 찬찬히 들여다보았다. 동그스름한 얼굴에 바가지 모양으로 둥글게 덮은 머리는 승아랑 비슷했다. 그런데 초승달처럼 둥글게 휜 눈이라든지 활짝 웃고 있는 입은 승아가 아니었다. 초상화를 그릴 때 승아는 웃고 있지 않았다. 그림과는 달리 슬픈 눈을 하고 있었을 수도 있었다. 그런데 연재는 활짝 웃는 승아를 그려 놓았다. 연재의 바람이 담긴 거였다.

"그래! 웃을게! 앞으로도 우리는 자주 볼 거니까!"

승아는 연재의 그림을 보며 다짐했다. 그리고 별로 닮게 그리지는 못했지만 승아가 그린 연재 그림을 갖고 있

는 게 좋을 것 같았다. 연재가 보고 싶을 때마다 꺼내 볼
수 있게 말이다.

"내일도 초상화 그리기를 해야겠다!"

내일은 자기가 그린 그림을 자기가 갖는 걸로 해야겠
다고 생각했다. 연재도 분명히 좋다고 할 거였다. 승아는
자신의 초상화를 책상 서랍에 넣었다. 연재의 초상화까
지 완성되면 초상화 두 장을 코팅해서 책상 옆에 붙여 놓
을 거였다.

에에에엥-

초상화를 집어넣고 막 일기장을 꺼내는데 사이렌이 울
렸다.

"의항리 개목마을 주민 여러분께 알립니다."

이장님의 목소리가 울렸다.

"지금 마을 앞바다에 기름띠가 밀려온 것 같습니다. 확
인이 필요하니 주민 여러분은……."

이장님의 말이 채 끝나기도 전에 방문 열리는 소리가

들렸다. 굴 양식장에서 쓸 나무 막대기를 정리하고 방으로 들어갔던 할아버지가 급히 나온 듯했다. 승아도 부리나케 방문을 열었다.

"기름이 밀려왔다고요?"

승아가 물었다. 할아버지는 말없이 신발을 꿰었다.

"아버님, 겉옷 입으셔야죠."

엄마가 소리쳤다.

"금방 들어올 거다!"

말을 던지고 할아버지는 황급히 대문 밖으로 나갔다. 엄마는 할아버지 방에서 얇은 패딩을 꺼냈다. 엄마도 할아버지를 쫓아 나가려는 듯했다. 승아도 겉옷을 챙겨 입고 마루 끝에 나섰다.

"넌 집에 있어."

신발을 신으며 엄마가 말했다.

"왜에?"

승아는 짜증스럽게 대꾸했다. 낮에도 어른들은 어른들

끼리 모여 바다를 지켜보았다. 승아와 연재에게는 들어가라는 말만 되풀이했다.

"나도 의항리 주민이야!"

승아는 당차게 말을 뱉고 신발을 신었다. 승아도 바다가 궁금했다.

바다를 향해 잰걸음으로 걸었다. 달빛도 제대로 보이지 않는 초겨울 밤, 사방은 어둠에 묻혀 컴컴했고 지난밤부터 요란하게 몰아치는 바람은 여전한 기세를 자랑했다. 바람에는 알 수 없는 냄새가 섞였다.

"승아야!"

연재네 집 앞을 지나는데, 연재가 승아를 불렀다. 연재는 자기 방 창문을 열어 둔 채 빼꼼 고개를 내밀고 있었다.

"너 혼자 있어?"

연재네 대문 앞에서 승아가 물었다. 연재는 고개를 끄덕였다. 연재 부모님은 바닷가로 나간 모양이었다. 이장님이 사이렌을 울리며 안내 방송을 하였으니 궁금했을 거였다. 승아는 주춤거리며 연재를 보았다. 연재랑 있을까 고민스러웠다.

"너도 가서 보고 와."

연재가 말했다. 승아 마음을 알아챈 거였다.

"바다가 어떤지 나한테도 알려 줘."

연재가 말을 붙였다.

"좋아! 얼른 갔다 올게!"

승아는 연재를 향해 손을 흔들고 바닷가로 향했다.

골목을 지나 바다가 훤하게 드러나는 지점에 다다랐다. 알싸하고 쿰쿰한 냄새가 코끝을 때렸다.

"흡!"

승아는 오른손으로 코와 입을 막았다.

철썩철썩.

평소와 다름없는 파도 소리가 들렸다. 어른들은 손전등을 비추며 갯벌로 내려갔다.

"아이고, 이걸 어째……."

"이게 다 뭐야……."

어른들의 주절거림이 한숨 소리와 함께 둥둥거렸다. 승아는 한 손으로 코와 입을 막은 채 바다를 바라보았다. 바다는 온통 까맸다. 밤이니까 당연하다고 승아는 생각했다.

"하이고! 우리 굴밭은 어째요!"

누군가가 갯벌에 털썩 주저앉으며 탄식을 뱉었다. 그 옆으로 몇몇 아주머니가 줄줄이 바닥에 앉았다.

"진짜 저게 다 기름 덩어리라고?"

승아 앞쪽에 있던 아저씨의 성난 목소리가 깜깜한 하늘을 갈랐다. 아저씨는 곧장 손전등을 들고 바다를 향해 정신없이 걸음을 옮겼다. 어른들의 몸짓은 빨라지고 주위는 사뭇 부산스러워졌다.

"기름이 여기까지 내려왔으니 양식장은 다 끝났네!"

어른들의 목소리가 어지럽게 뒤엉겼다. 승아는 성큼

걸음을 디뎠다. 승아도 두 눈으로 직접 확인하고 싶었다.

"넌 그만 들어가라."

할아버지가 승아를 막았다. 할아버지의 얼굴은 단단한
바위 같았다.

"그래도……."

"들어가. 기름이 어디까지 번져 있는지 확인해야 해.
미끄럽다. 냄새도 나고."

누군가가 할아버지에게 수건을 내밀었다. 할아버지는
수건으로 얼굴의 절반을 감쌌다. 무언가 비장한 기운이
흘렀다.

"나도 궁금한데……."

승아는 가만히 혼잣말을 뱉었다. 그런데 차마 어른들
사이로 끼어들 수는 없었다.

"이리 와."

누군가가 승아의 팔을 홱 잡아끌었다. 승아는 얼른 고개를 돌렸다. 강치였다.

"야……."

강치의 손을 떼어 내려 했는데 그럴 수 없었다. 강치는 힘이 셌고 걸음은 빨랐다.

"어디 가는데?"

더듬더듬 강치를 쫓으며 승아가 물었다.

"궁금하다며?"

강치가 승아를 돌아보았다. 그러면서도 발은 바쁘게 놀렸다. 승아는 강치를 쫓아갈 수밖에 없었다.

어둠을 뚫고 강치는 거침없이 걸음을 옮겼다. 승아와 연재의 비밀 장소가 있는 쪽이었다.

"야, 어디 가?"

승아 목소리에 가시가 잔뜩 돋쳤다. 그래도 강치는 대꾸가 없었다. 걸음도 멈추지 않았다.

"야, 어디 가냐고?"

승아가 다시 묻는데 강치가 바람의 언덕으로 걸음을 디뎠다. 바람의 언덕은 승아와 연재의 비밀 장소 바로 위쪽에 있는데, 마을에서 바닷바람을 가장 먼저 맞닥뜨리는 곳이었다. 바다가 훤히 내려다보이는 만큼 바람을 막아 주는 것이 하나도 없어서 바람의 언덕에는 바람이 늘 세차게 닿았다. 때문에 어른들은 마을 아이들에게 절대로 바람의 언덕에서 놀지 말라고 신신당부를 했다.

"여기에서 보면 바다가 잘 보여."

"야, 내가 그것도 모를 줄 알아?"

승아는 강치를 톡 쏘아붙였다. 하지만 마음 한쪽은 뜨끔했다. 어려서부터 어른들의 잔소리를 수차례 들어 온 탓에 승아는 한 번도 바람의 언덕에서 놀지 않았다. 당연히 바람의 언덕에서 바다를 내다본 적도 없었다.

"조심해!"

강치가 손전등으로 발아래를 비췄다. 승아와 연재의 비밀 장소에서 보았던, 잘게 부서진 바위가 언덕 위로도 길게 뻗어 있었다. 발을 잘못 디디면 언덕 아래로 굴러 떨어질 것 같았다. 역시나 어른들의 말이 맞았다. 바람의 언덕은 꽤나 위험했다.

"야, 여기는 어른들이 절대로 오지 말라고……."

승아가 말을 뱉는 새 강치는 걸음을 재게 놀려 언덕 끄트머리로 갔다. 그러고는 자리에 우뚝 선 채 바다를 내다

보았다. 강치의 뒷모습이 강인해 보였다. 절대로 오면 안 되는 곳이라고 말하려고 했는데, 승아는 무안했다. 입을 꾹 다물고 발짝을 디뎌 강치 옆에 나란히 섰다.

"저게 다 뭐냐……."

강치가 나직하게 말을 뱉었다. 승아는 말없이 바다를 향해 눈을 돌렸다.

바다는 온통 시커멨다. 짙게 내려앉은 어둠 탓일 수도 있지만, 바닷가에서 평생을 살아온 승아 눈에 이토록 검고 묵직한 바다는 처음이었다. 바람에 실려 오는 역한 냄새 또한 바다에서는 맡아 보지 못한 것이었다.

검은 바다

승아는 팽하니 몸을 돌렸다. 역한 냄새 때문에 더는 바람의 언덕에 서 있을 수 없었다. 승아 옆에서 강치는 말없이 걸음을 맞췄다. 승아만 보면 깐족깐족 말을 붙이던 아이가 웬일인가 싶었지만 그래서 다행이기도 했다. 승아는 머릿속이 복잡했다. 아니 마음이 무거웠다.

두툼한 이불을 뒤집어쓴 듯 무겁게 출렁이는 검은 바다는 태어나서 처음 보았다. 바닷가에 모여 있는 어른들도 갈피를 잡지 못한 듯 우왕좌왕했다. 굴 작업을 하느라 바쁘게 움직여야 하는 어른들이었다. 그러면서도 얼굴에는 달처럼 환한 웃음을 달고 있을 시기였다. 그런데 무언가 잘못되었다.

"사고 때문이겠지?"

집 앞에서 승아가 툭 말을 뱉었다.

"떠밀려 온 게 기름이라니까…….."

강치는 말을 맺지 못하고 푸우 한숨을 쉬었다. 강치도 꽤나 속이 상한 듯했다. 바다 일을 하는 집이 아니니까, 바다에서 사고가 있든 말든 상관없을 거라고 생각했는데, 아닌 모양이었다. 승아는 강치를 힐끔 쳐다보고 대문을 밀었다. 강치도 말없이 자기 집으로 향했다.

사고는 이른 아침에 벌어졌다. 그리고 곧장 사고 처리를 시작했다고 했다. 그런데 왜 마을 앞바다가 검은 기름으로 뒤덮였을까. 아무리 생각해도 이해하기 어려웠다. 그러다가 문득 연재가 떠올랐다.

'연재가 얘기해 달라고 했는데…….'

승아는 미닫이문을 열고 벽에 걸린 시계를 보았다. 밤

9시 50분을 살짝 넘긴 시각이었다. 이 시간이면 연재는 잠자리에 들었을 수도 있었다.

'어차피 내일 만날 거니까……'

승아도 슬슬 잘 준비를 해야겠다고 생각했다. 승아는 신발을 벗고 마루로 올라섰다. 그때 대문이 삐익 소리를 내며 열렸다. 당연히 엄마일 줄 알았는데, 연재 아빠가 마당으로 들어섰다.

"우리 집에 가서 잘래?"

연재 아빠가 물었다.

"동네 사람들 모두 모여서 회의를 할 거라, 그러면 너도 혼자 있을 테니까……"

"연재랑 자라는 거죠?"

승아 목소리에 화색이 돌았다. 연재 아빠가 빙긋 웃으며 고개를 끄덕였다. 승아 엄마와도 이야기가 되었다고 했다. 승아는 잠옷과 칫솔을 챙겨 집을 나섰다. 연재네 집으로 향하는 걸음이 가볍게 날았다.

승아가 연재네 집으로 들어서자 연재가 우당탕거리며 뛰어나왔다. 연재 엄마도 외출할 준비를 마치고 현관 앞에 나와 있었다.

"회의만 끝나면 바로 들어올 거니까 너무 늦게까지 놀지는 말고!"

연재 엄마가 잔소리를 던졌다. 그러고는 연재 아빠와 함께 집을 나섰다. 승아는 잽싸게 연재 방으로 들어가 잠옷으로 갈아입었다. 연재가 이사를 가기 전에 둘이서 하룻밤, 잠옷 파티를 하고 싶었다. 뜻하지 않게 소원이 이루어지다니, 승아는 기분이 좋았다. 헤실헤실 웃음이 나왔다.

"바다는 어때? 뭐가 심각해?"

연재가 승아 옆에 나란히 누우며 물었다. 승아 머릿속에 바람의 언덕에서 내려다본 바다가 그려졌다. 그리고 갯벌 가득 진동하던 역한 냄새와 어른들의 탄식과 고함이 떠올랐다. 승아는 보고 들은 것을 차근차근 연재에게 전했다. 그래도 강치와 둘이 바람의 언덕에 간 것은 말하지 않았다. 강치만 보면 싸움닭처럼 날을 세우던 승아였다. 갑자기 깜깜한 밤에 바다를 살피러 강치와 둘이 바람의 언덕에 다녀왔다는 게 승아 자신도 믿기지 않았다.

"바다에 온통 기름이 덮여 있다고?"

연재가 놀란 얼굴로 물었다. 승아는 심각한 얼굴로 고개를 끄덕였다.

"푸우."

연재가 한숨을 뱉었다.

"그래서 이 밤중에 회의를 하는 거구나."

연재는 이내 차분해졌다. 승아는 곧장 마을 회관을 떠올렸다. 시커먼 바다 앞에서 땅을 치고 고함을 지르던 어른들이 둘러앉아 무슨 이야기를 나누고 있을까 궁금했다. 하지만 손톱만큼도 짐작이 되지 않았다. 이런 일은 태어나 처음이었다.

"모르겠다!"

연재도 고개를 홰홰 저었다.

"어차피 우리가 해결할 수 있는 일도 아니니까."

승아가 연재의 말을 받았다. 순간 연재가 손바닥으로 바닥을 탁 내리치더니 눈을 휘둥그레 떴다. 승아도 눈을 크게 뜨고 연재를 보았다. 무슨 일인가 싶었다.

"비밀 편지!"

연재가 소리쳤다.

"아!"

승아도 연재처럼 소리를 높였다.

승아와 연재가 정성껏 써서 넣어 둔 비밀 편지가 바닷가에 있었다. 승아와 연재만 아는 비밀 장소의 바위틈 어느 구멍 안에.

"괜찮을까?"

연재 목소리가 파르르 떨렸다.

"글쎄!"

알 수 없었다.

"그래도 우리 키보다 높은 곳에 꽂아 놓았으니까……."

연재가 말했다. 승아는 두 손을 가슴에 얹으며 고개를 끄덕였다. 편평한 바위는 시커먼 기름 바다에 덮였을지라도 비밀 편지를 꽂아 둔 바위틈은 괜찮을 거였다. 그래도 승아와 연재는 아침에 해가 뜨면 곧장 비밀 장소를 찾아가 보기로 했다. 비밀 편지가 무사히 잘 있는지 확인을 해야 했다.

"잘 있어야 할 텐데……."

연재 얼굴이 영 불안해 보였다. 승아는 연재의 손을 덥석 잡았다.

"괜찮을 거야!"

승아는 목소리에 힘을 넣었다. 불안을 잠재우려면 그래야 했다.

"우리 초상화 그리자!"

승아가 제안했다. 연재가 눈을 동그랗게 뜨고 고개를 갸우뚱 기울였다. 낮에 그렸는데 또 그리자 하니 어리둥

절한 모양이었다. 승아는 연재에게 서로의 초상화를 그
려 각자 갖고 있자고 했다. 연재도 좋다고 했다. 승아와
연재는 다시 스케치북을 앞에 놓고 마주 앉았다. 초상화
를 그리느라 시간은 째깍째깍 빨리 흘렀다. 불안한 기운
도 스멀스멀 사라졌다.

달그락 소리에 승아는 눈을 떴다. 창밖으로 희뿌연 빛이 드러났다. 아침이었다.

승아는 옆에서 새근새근 자고 있는 연재를 쳐다보았다. 어젯밤, 승아와 연재는 꽤나 늦게 잠이 들었다. 그러도록 연재의 부모님은 들어오지 않았다. 마을 어른들의

회의가 길게 이어진 모양이었다.

"안녕히 주무셨어요?"

승아가 부엌으로 나가 연재 엄마에게 인사를 건넸다.

"잘 잤어?"

연재 엄마도 시원하게 인사를 받았다.

"회의는 잘 됐어요?"

식탁 의자에 앉으며 승아가 물었다.

"글쎄다……."

연재 엄마 얼굴이 단박에 어두워졌다. 괜한 걸 물었나
싶었다. 승아 기분도 단숨에 어두워졌다.

연재도 잠자리에서 일어나 식탁으로 나왔다. 배춧잎을
넣은 된장국에 밑반찬 몇 가지가 가지런히 놓인 아침상
에 연재와 연재 엄마, 승아가 빙 둘러앉았다.

"아빠는?"

"바다에."

연재의 물음에 연재 엄마는 짧게 대답했다.

"바다에는 왜요?"

이번에는 승아가 물었다. 연재 아빠는 식당을 운영하기 때문에 바다에 나갈 일은 거의 없었다. 게다가 지금은 식당도 문을 닫았다.

"마을 사람들 다 바다에 나가 있을 거야."

연재 엄마가 말했다. 승아는 이내 연재와 눈을 맞췄다. 비밀 장소에 가야 하는데, 갈 수 있을까 염려가 되었다. 연재도 말은 않았지만 승아와 비슷한 생각을 하는 것 같았다. 눈빛이 불안하게 흔들렸다.

아침을 먹고, 연재와 승아는 살금살금 집을 빠져나왔다. 연재 엄마는 이삿짐을 정리하느라 정신이 없었다.

"흡, 이거 무슨 냄새야?"

집을 나와 몇 걸음을 옮기다 말고, 연재가 얼굴을 구기며 코와 입을 가렸다.

"어제 그 냄새다!"

승아도 한 손으로 코와 입을 막았다. 어제 바닷가 갯벌에서 맡았던 역한 냄새가 마을 입구까지 번져 있었다. 어제보다 한층 더 진하게 말이다.

"우리 비밀 편지 괜찮을까?"

연재가 코와 입을 가린 채 걸음을 재게 놀렸다. 그만큼 마음이 바빠 보였다. 승아도 얼른 연재의 뒤를 쫓았다.

마을을 벗어나 바다가 훤히 드러나 보이는 곳에 닿았을 때였다. 승아와 연재는 바삐 걷던 걸음을 우뚝 멈췄다.

"저게 다 뭐야……."

연재가 손을 스르르 내리며 바다를 내다보았다. 승아도 연재 옆에서 멀거니 바다를 보았다. 바다는 물론 갯벌 안쪽까지 승아의 눈에 보이는 것은 온통 검은빛이었다. 애초에 바다와 갯벌에 다른 빛깔이라고는 없었던 것처럼 눈앞에 보이는 것 전부가 온통 새까만 것으로 뒤범벅되어 있었다.

"저게 다 기름인 거지……?"

승아는 중얼중얼 혼잣소리를 했다.

지난밤, 강치와 함께 검은 바다를 내려다보면서도 승아는 설마 했었다. 달빛 하나 없는 깜깜한 밤이라서 더 까맣게 보이는 것이려니 믿고 싶었다. 하지만 믿음은 처참하게 깨졌다.

"저기 좀 봐!"

연재가 손가락으로 갯벌 한쪽을 가리켰다. 시커먼 기름을 뒤집어쓴 가마우지가 비척거리며 몸을 일으키려 안간힘을 쓰고 있었다. 옆에는 갯벌에 머리를 처박은 가마우지가 여럿 보였다. 가마우지도 기름의 공격을 견디지 못한 것 같았다. 바다에 나오면 배경음처럼 끼룩거리던 갈매기의 울음소리도 들리지 않았다. 모두 기름에 묻힌 듯했다. 바닷새가 이 모양이라면 갯벌에 사는 자그마한 생물들은 더 엉망일 거였다. 그들이 사는 곳이 온통 기름에 파묻혔을 테니까. 멀지 않은 바닷가 바위 위로 물고기 떼가 한 무리 떠밀려 있었다. 그들의 몸도 온통 시커먼 기름에 번들거렸다. 기름이 바다와 갯벌에 사는 목숨을 끊어 갔다.

"어떻게 하룻밤 새……."

승아는 도리질을 하며 갯벌을 바라보았다. 그곳에는 바다 일을 할 때 입는 작업복 차림의 마을 어른들이 오종 종 모여 있었다. 어른들은 수건으로 얼굴의 반을 가린 다 음 시커먼 기름 덩어리를 삽으로 떠서 포대 자루에 담았 다. 그러면 고무장갑을 낀 어른들이 기름 덩어리가 가득 담긴 포대 자루를 묶어서 마을 입구로 옮겼다. 먼바다에 서 밀려온 기름 덩어리를 마을 어른들이 치우고 있는 거 였다.

"저걸 언제 다 치우지……?"

이른 아침부터 마을 어른들 전체가 힘을 모으고 있지 만, 어른들의 움직임은 너무나 작고 빈약해 보였다. 마을 어른들이 삽으로 퍼 올린 자리는 또 다른 기름 덩어리가 기다렸다는 듯 채워 버렸다. 어른들은 한 발짝도 앞으로 나아가지 못하고 같은 자리에서 기름 덩어리를 퍼 담고 또 퍼 담았다. 아무리 기를 써도 기름 덩어리는 쉽게 물러날 것 같지 않았다.

갑작스러운 이별

연재가 승아의 손을 힘껏 잡았다.

"가자!"

연재는 비밀 장소를 향해 성큼 걸음을 옮겼다.

"갈 수 있을까?"

연재를 따라가며 승아는 비밀 장소를 바라다보았다. 비밀 장소에 이르는 갯벌에도 온통 검은 기름이 가득했다. 비밀 장소도 검은 기름에 덮여 있을 게 분명했다.

"야, 아무래도……."

"비밀 편지 찾고 싶어!"

연재가 승아를 돌아보았다. 연재 눈에 왈칵 눈물이 고여 있었다.

"그래! 가자!"

승아가 입술을 앙다물고 발짝을 뗐다.

"어른들한테 들키면 안 돼."

연재가 작은 소리로 속닥거렸다. 승아는 연재를 보며 고개를 끄덕였다. 그리고 한 손으로 코와 입을 막았다. 연재도 승아를 따라 했다. 둘은 손을 맞잡고 조심조심 걸음을 옮겼다. 하지만 시커먼 기름 덩어리 때문에 바닥은 미끄러웠고 길은 보이지 않았다. 한 손으로 코와 입을 막았지만, 냄새는 코를 뚫고 몸속으로 들어와 뇌를 흔드는 것 같았다. 나아가 심장까지 조이는 듯했다. 숨이 깔딱깔딱 넘어가는 기분이었다. 순간 연재가 풀썩 주저앉았다.

"하악 하악……."

연재의 숨소리가 거칠었다. 승아는 두 손으로 연재를

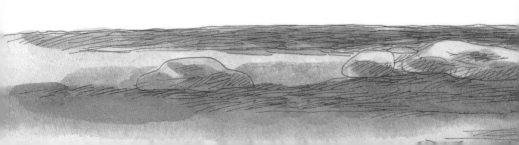

잡았다. 연재의 입술이 파아랬다. 연재에게는 심장병이
있었다. 어려서부터 뛰어노는 건 꿈도 꾸지 못했고, 툭하
면 병원 신세를 졌으며 그래서 이사까지 계획하고 있던
참이었다. 알고 있었는데, 왜 생각을 못 했을까. 승아는
덜컥 겁이 났다.

"여기요! 여기!"

마을 어른들이 있는 쪽을 향해 고함을 지르려는데, 불
쑥 강치가 나타났다.

"업혀!"

강치는 부리나케 연재를 업었다. 연재의 발에서 신발이 툭 떨어졌다. 승아는 연재의 신발을 집어 들었다. 강치가 마을을 향해 뛰었다. 아니 뛰려고 했다. 하지만 발이 미끄러운지 자꾸만 주춤거렸다. 승아는 강치의 등에 업힌 연재를 한쪽 팔로 잡았다. 승아의 손에 묻어 있는 검은 기름이 연재의 옷에 닿았다. 그래도 하는 수 없었다. 승아는 연재가 바닥으로 쭈르르 미끄러지지 않기를 바랐다.

"아이고, 이게 누구야? 무슨 일이야?"

마을 입구에서 동네 할머니를 만났다. 여태 작업을 하다 왔는지 할머니의 두 손과 작업복 앞자락에는 시커먼 기름이 번드르르했다.

"저희 빨리 갈게요!"

간단히 대꾸를 하고, 연재네 집으로 냅다 달렸다.

"아줌마! 아줌마!"

대문을 발칵 열어젖히며 연재 엄마를 불렀다. 연재 엄

마가 마루로 나섰다.

"아니, 연재야! 너희들 어딜 갔던 거야?"

연재 엄마가 눈을 휘둥그레 뜨고 연재를 잡았다. 연재
는 강치의 등에 업힌 채 방으로 실려 갔다.

"승아야, 연재 아빠 좀 불러 줘!"

한마디를 던지고, 연재 엄마도 연재 방으로 들어갔다.
승아는 곧장 몸을 돌렸다. 연재 아빠를 불러야 했다.

'연재 아빠가 어디에 계실까?'

승아는 곧장 바다 쪽으로 몸을 틀었다. 갯벌 위에서 기
름 덩어리를 치우던 마을 어른들 중에 연재 아빠가 있을
거였다. 내일모레면 이곳을 떠나겠지만 그래도 아직은
의항리 주민이니까.

바지런히 걸음을 옮겨 갯벌로 다가가는데 연재 아빠가
거짓말처럼 달려 나왔다. 연재 아빠의 몸에도 검은 기름
이 번들번들 묻어 있었다.

"연재가 뭐 어떻다고?"

아까 만났던 동네 할머니에게서 연재 이야기를 들은 모양이었다.

"연재랑 좀 나와 있었는데요……."

승아가 조곤조곤 설명을 하려는데, 연재 아빠는 바쁘게 몸을 움직였다. 승아의 설명을 듣고 있을 시간이 없어 보였다. 승아도 재빨리 연재 아빠의 뒤를 쫓았다. 연재 아빠의 걸음은 매우 빨랐다.

승아가 연재네 집에 닿았을 때에는 이미 연재 아빠의 차가 대문 앞에 나와 있었다. 그리고 집 안에서 연재 아빠가 연재를 안고 밖으로 나왔다. 그 뒤로 큼지막한 헝겊 가방을 쥔 연재 엄마가 따라 나왔다.

"연재야……."

승아가 연재에게 다가가는데 연재 아빠가 자동차 문을 탁 닫아 버렸다. 그러고는 곧장 운전석에 올랐다.

"지금 바로 병원에 가 봐야 할 것 같아. 너희는 집에 가 있어."

연재 엄마가 냉랭하게 말을 던지고 연재 옆자리에 올라탔다. 자동차는 금세 연재네 집을 빠져나갔다. 연재와는 한마디도 나눌 수 없었다. 힘이 쭉 빠졌다. 승아는 자리에 쪼그리고 앉았다.

"가자."

강치가 승아에게 손짓을 했다.

"괜찮을까?"

승아가 나직하게 중얼거렸다.

"괜찮겠지. 괜찮을 거야."

강치가 말했다. 그런데 강치 목소리에도 기운이 없었다. 꽤나 놀랐거나 꽤나 힘들었거나 둘 중 하나일 거였다. 어쩌면 둘 다일지도 모르지만. 만약에 강치가 나타나지 않았더라면 어떻게 되었을까 싶었다. 승아 혼자서는 바닷가 시커먼 갯벌에서 연재네 집까지 연재를 데리고 오지 못했을 거였다. 마을에는 어른들이 거의 없었고, 승아의 목소리는 한창 작업 중인 마을 어른들에게 닿지 않왔을 거였다. 승아는 강치가 고마웠다. 하지만 고맙다는 말은 튀어나오지 않았다. 승아는 입을 꾹 다문 채 자리에서 일어났다. 집에 가 있으면 연재 엄마가 전화를 줄 거였다. 집에서 연재 엄마의 전화를 기다려야 했다.

따르르릉-

집에 들어서기가 무섭게 전화벨이 울렸다. 승아는 신발도 벗지 않은 채 마루를 엉금엉금 기어가 전화를 받았다. 전화는 마루 한쪽 벽면에 놓인 텔레비전 옆에 있었다.

"이승아!"

전화기 너머에서 정아가 빽 소리를 질렀다. 연재 엄마일까 봐 신발도 벗지 못했는데, 맥이 빠졌다. 승아는 바닥에 엉덩이를 깔고 두 다리를 쭉 뻗었다. 검은 기름과 진흙이 엉겨 붙은 신발은 매우 지저분했다. 엄마가 보면 당장 신발부터 벗으라고 고함을 지를 게 뻔했다.

"왜 그렇게 전화를 안 받아?"

정아가 빽빽거렸다.

"집에 아무도 없으니까 안 받지."

승아도 정아 못지않게 통통거렸다.

"집에 왜 아무도 없어?"

정아가 물었다.

"언니는 지금 마을에 무슨 일이 벌어졌는지 모르지?"

승아가 뻗대듯 물었다.

"야, 그걸 내가 왜 몰라? 지금 텔레비전 뉴스에 온통 난
리가 났는데!"

정아는 뉴스를 접하고, 마을이 궁금해서 곧장 전화를
걸었다고 했다. 그런데 한 시간이 넘도록 전화를 받지 않
았다며 툴툴거렸다.

"궁금해서 숨넘어갈 뻔했네!"

정아가 무심하게 말했다. 하지만 승아는 가슴이 콱 막
히는 것 같았다. 연재가 궁금했다.

"이제 알았으면 끊어."

승아는 연재 엄마의 전화를 받아야 했다.

"아빠랑 엄마는 뭐 하시는데?"

정아가 다시 물었다. 승아는 불퉁거리며 마을 사람 전체가 바닷가 갯벌에 나가 시커먼 기름 덩어리를 걷어 내고 있다고 말했다. 정아는 내리 한숨을 쉬었다.

"이제 끊어!"

승아는 사납게 말을 뱉고 툭 전화를 끊었다.

승아는 신발을 벗고, 옷을 갈아입고, 비누칠을 해 가며 손을 씻었다. 하지만 손에 묻은 검은 기름때는 쉽게 지워지지 않았다. 승아는 끈적거리는 느낌만 씻어 낸 채 전화기 옆에 앉았다. 그러고는 내리 전화기에 신경을 곤두세웠다. 하지만 전화는 잠잠했다.

점심때가 되어 엄마가 집으로 들어왔다. 작업복이 온

통 검정색으로 뒤덮였다.

"마을 회관으로 가. 거기에서 다 같이 점심 먹기로 했어."

엄마가 큰 채반과 국수 그릇을 챙기며 말했다. 승아는 곧장 싫다고 했다.

"지금 저 시커먼 거 없애려고 다들 정신없이 바쁜 거 안 보여?"

엄마 목소리가 날카로웠다.

"전화 기다려야 한다고……."

승아가 입을 불뚝 내밀었다.

"무슨 전화?"

엄마가 눈을 치뜨며 물었다. 승아는 말없이 전화기만 바라보았다.

"연재네는 곧장 새집으로 들어간대."

엄마가 툭 말을 뱉었다. 승아가 눈을 크게 뜨고 엄마에게 다가갔다. 그게 무슨 말인가 싶었다.

"아까 부녀회장 아주머니한테 전화 왔었어. 연재가 아파서 병원에 갔는데 간 김에 그냥 새집으로 들어가겠다고."

"왜에?"

승아가 쇳소리를 냈다. 엄마가 승아를 돌아보며 차분하게 말했다.

"연재가 아프잖아."

"알아! 그래도 아직 이사 가려면 이틀이나 남았는데!"

가뜩이나 이사 날이 다가오고 있어서 가슴에 툭하면 물기가 들어찼는데, 이틀이나 당겨서 새집으로 들어간다니! 승아는 이건 말도 안 되는 일이라고 생각했다. 게다가 연재와 인사도 나누지 못했다. 연재 아빠는 연재를 차에 태우고 곧장 집을 떠나 버렸다. 승아가 인사를 건넬 시간을 일 초도 주지 않았다.

"그러니까 왜 아픈 애를 데리고 바닷가에 갔어? 건강한 사람들도 지금 머리가 아파서 죽을 지경인데!"

엄마가 승아를 타박했다.

"누가 그럴 줄 알았나……!"

말을 하는데 눈물이 툭 떨어졌다. 연재가 떠나 버렸다는 것도 믿을 수 없었고, 엄마가 승아의 마음을 눈곱만큼도 알아주지 않는 것도 속이 상했다. 어려서부터 한 집 식구처럼 붙어 다니던 친구가 갑작스럽게 떠나 버렸다. 지금 승아의 마음이 얼마나 아플지 엄마라면 알아야 하는 것 아닐까 싶었다.

"좀 이따 마을 회관으로……."

"안 먹어!"

승아는 엄마의 말을 딱 잘라 버렸다. 그리고 방문을 쾅 닫고 방으로 들어갔다.

"이승아, 엄마 바빠. 너 달래 줄 정신 없어."

엄마가 방문 밖에서 말했다.

"나도 바빠!"

승아는 울컥울컥 올라오는 물기를 누르며 냅다 소리쳤

다.

"진짜 애처럼 이럴래?"

엄마가 짜증을 냈다. 그러거나 말거나 승아는 신경 쓰고 싶지 않았다. 마을 앞바다가 시커먼 기름 덩어리에 뒤덮인 건 승아 탓이 아니었다. 기름 덩어리 때문에 머리가 땅하고 숨쉬기가 힘겨울 수 있으니 집 밖에 나오지 말라고 당부한 사람도 없었다. 그래 놓고는 이제 와서 승아 탓을 했다.

'설마 진짜로 가 버린 건 아니겠지?'

머릿속에 둥둥 연재 얼굴만 떠올랐다. 숨쉬기가 버거워 가슴을 틀어쥐고 있던 모습 그리고 퍼렇게 질린 입술.

'어떻게 해……'

울고 싶었다. 하지만 울지 않기로 했다. 승아는 씩씩해지기로 했다. 그래야 연재를 만나 기분 좋게 놀 수 있었다.

승아는 냅다 창문을 열었다. 그러고는 이내 눈살을 찌

푸렸다. 기분 나쁜 냄새가 훅 끼쳤다. 머리를 지끈지끈 아프게 하는 냄새가 마을 안쪽까지 파고든 거였다. 승아는 한 손으로 코와 입을 가린 채 까치발을 했다. 그러면 바다가 보였다.

바다는 여전히 시커멨다. 그리고 바다 위를 끼룩거리며 노닐던 바닷새도 한 마리 보이지 않았다. 시커먼 기름 덩어리의 공격에 승아가 친구 연재를 잃은 것처럼 바다도 바닷새 친구를 잃었다. 시커멓게 죽어 버린 바다가 승아만큼이나 가여웠다.

강치의 눈물

엄마는 구시렁거리며 집을 나가더니 잔치국수를 한 그 릇 갖고 왔다. 마을 회관에서 부녀회 아주머니들이 만든 거였다.

"집에 얌전히 있어."

엄마는 사뭇 누그러진 목소리로 당부를 했다. 그러고 는 수건 몇 개를 길게 잘라 들고 나갔다. 코와 입을 가리 는 데 쓰려는 듯 보였다.

승아는 식탁 앞에 홀로 앉아 후루룩거리며 국수를 먹 었다. 아무리 속이 상하고 눈물이 쏙 빠지도록 슬퍼도 끼니는 챙겨야 했다. 배고파 허기가 지면 더 슬프고 더 아플 것 같았다.

국수 그릇을 씻어서 건조대에 엎어 놓고 방으로 들어왔다. 딱히 할 일이 없었다.

"아, 초상화!"

지난밤 연재네 집에서 그린 초상화가 생각났다. 연재와 정신없이 헤어지는 바람에 초상화를 연재네 집에 두고 왔다.

'갖고 와야 하는데······.'

잠깐 집을 비운 사이에 연재에게서 전화가 올까 봐 갈 수가 없었다. 엄마의 당부도 신경이 쓰였다. 이래저래 아무것도 할 수 없었다. 이게 다 시커먼 기름 덩어리 때문이었다.

승아는 창문 앞에서 바다를 내다보았다. 기름에 덮인 바다는 여전히 시커멨다. 마을 사람들이 옹기종기 모여 앉아 열심히 기름 덩어리를 퍼내고 있지만 소용이 없을 것 같았다. 아무리 들여다보아도 시커먼 기름 덩어리는 줄어들 기미가 보이지 않았다. 갯벌에서 꼬물거리며 살아가던 바닷게며 소라, 고둥도 싹 다 기름에 파묻혔을 거였다. 볼수록 가슴이 답답해졌다.

이불을 뒤집어쓰고 자리에 누웠지만 잠도 오지 않았다. 그야말로 되는 일이 하나도 없는 기분이었다.

"푸우우."

입술을 털며 자리에서 일어났다. 책이라도 읽어야 할 것 같았다.

얼마나 지났을까. 전화벨이 울렸다.

따르르릉-

책을 읽다가 깜빡 잠이 든 모양이었다. 주위에 어스름이 내렸다.

승아는 자리에서 발딱 일어나 수화기를 잡았다.

"뭐 해?"

연재 목소리였다.

"김연재!"

승아 목소리에 찰방 물기가 담겼다.

"나 병원이야."

"아직도?"

"응, 기름에서 나오는 유독 가스 때문에 심장에 무리가 갔대."

연재가 친절하게 설명했다. 하지만 승아는 온전히 알아들을 수 없었다. 연재의 말은 어려웠다. 그래도 연재가 마을에 돌아올 수 없다는 건 알 수 있었다. 기름 덩어리에서 뿜어져 나오는 가스는 연재의 심장을 더 아프게 했다. 그러니까 당연히 연재는 마을에 돌아올 수 없었다.

"나, 병원에 있다가 새집으로 들어간대."

연재가 말했다. 승아는 알고 있다고 답했다.

"마을은 어때?"

연재가 물었다.

"뭐, 그냥……."

무서웠다. 바다도 바다에 기대어 살아가는 생명들도 모두 시커멓게 죽어 버렸다. 그 위에서 마을 어른들은 죽음을 몰고 온 기름 덩어리를 걷어 내려고 기를 쓰고 있었다. 살아 보려는 거였다. 하지만 승아가 보기에 기름 덩어리는 쉽게 사라지지 않을 것 같았다. 그만큼 두터워 보였고, 그래서 연재와의 갑작스러운 이별도 받아들여야 했다.

"괜찮아?"

연재가 또 물었다.

"별로……."

승아는 짧게 대답했다. 지금 뭐가 어떻게 돌아가고 있는지 아는 것도 없었다.

"아직 잘 모르는구나?"

연재가 연달아 말을 붙였다. 승아는 대꾸할 말을 찾지 못했다. 연재는 퇴원하고 새집에 들어가면 다시 전화를 하겠다고 했다. 승아는 빨리 퇴원하라는 말을 짤막하게 붙이고 전화를 끊었다. 기다리던 전화였는데 허무했다.

오후 5시를 넘기자 사방이 어둑해졌다. 겨울 해는 짧았다.

엄마가 들어와 저녁을 준비했다. 저녁은 각자 집에서 해결하기로 한 모양이었다.

밥 냄새가 번질 즈음 할아버지와 아빠도 집으로 들어왔다. 엄마가 들어올 때는 그냥저냥 참을 만했는데, 할아버지와 아빠가 집에 들어오자 역한 냄새가 진하게 닿았다. 기름 덩어리가 뿜어내는 가스가 연재의 심장에 무리를 줬다는 말이 떠올랐다. 물론 연재는 태어날 때부터 심장이 아프기는 했지만, 꼭 그렇지 않더라도, 기름 덩어리의 역한 냄새를 하루 종일 맡고 있었던 할아버지랑 아빠의 심장은 괜찮을까 싶었다. 승아는 할아버지와 아빠를 뚫어져라 쳐다보았다. 할아버지와 아빠는 곧장 갈아입을 옷을 챙겨 들고 샤워를 하러 들어갔다. 할아버지와 아빠도 역한 냄새를 빨리 지우고 싶은 모양이었다.

호박을 넣은 된장찌개가 보글보글 끓었다. 네 식구가 오랜만에 식탁 앞에 둘러앉았다. 그런데 삭막했다. 전에는 그날 하루는 어땠는지, 주변 사람들은 어떻게 보냈는지 시시콜콜 이야기를 나누었는데, 오늘 저녁 식탁은 조용했다. 달그락달그락 숟가락 소리만 울렸다.

"고단하시죠?"

엄마가 말을 꺼냈다.

"흠!"

할아버지는 낮게 헛기침을 뱉었다. 꼭두새벽부터 이 시간까지 기름 덩어리랑 싸우고 들어온 터였다. 당연히 고단할 거였다.

"연재 이사 갔대요."

승아가 다른 말을 던졌다.

"이왕 갈 거 하루라도 빨리 가는 게 맞지."

아빠가 성난 투로 말했다. 옆에서 엄마가 한숨을 내쉬었다.

"대체 갯벌 아래로 몇 미터가 기름에 덮인 건지……."

말끝에 아빠는 한숨을 달았다. 엄마가 아빠를 힐끗 쳐다보며 물었다.

"양식장은 어떻게 되는 거예요?"

"갯벌이 저 모양인데 양식장이 괜찮겠어?"

아빠의 성은 가라앉지 않았다. 불뚝불뚝 자꾸만 차오르는 것 같았다.

"지금이 딱 굴 철인데……."

엄마도 한숨을 내쉬었다.

"이게 참 보통 문제가 아니다……!"

할아버지가 엄마의 한숨을 받았다. 아빠도 고개를 끄덕이며 젓가락으로 밥알을 깨작거렸다. 아빠가 밥알을 깨작거리는 건 처음 보았다. 아빠는 항상 밥이 최고로 맛있다며 숟가락 가득 밥을 퍼서 우걱우걱 씹었다. 그런데 오늘은 밥맛도 없는 모양이었다.

"바다 농사 한두 해 접는다고 해결될 것 같지 않지요?"

아빠가 할아버지에게 물었다.

"그렇지 않겠냐……."

할아버지의 한숨이 깊었다.

"그럼 우리는 어떻게 돼요?"

승아가 할아버지에게 물었다. 승아네 집뿐 아니다. 의항리 사람들은 대부분 바다에서 굴과 전복을 키우며 살았다. 그런데 바다 농사를 한두 해 이상 접어야 한다면 의항리 사람들은 어떻게 살아갈 수 있을까. 궁금했다.

"정부에서 지원을 좀 해 주겠죠……."

엄마 목소리가 가늘게 떨렸다. 자신이 없는 거였다.

"지원해 줘 봐야 얼마나 되겠어. 한두 사람 피해를 본 것도 아니고 저 윗마을부터 아래쪽까지 피해 지역이 엄청난 데다, 다 양식업을 하는 사람들이니 그 많은 사람들을 몇 년씩 어떻게 지원하겠어?"

할아버지가 버럭 역정을 냈다. 엄마는 낮게 한숨을 뱉고 고개를 숙였다. 엄마도 답답할 거였다.

"그럼 우리도……."

이사 가자는 말이 승아의 턱밑까지 차올랐다. 하지만 지금은 그런 말을 하면 안 될 것 같았다. 승아는 고개를 숙이고 젓가락을 잡았다. 오랜만에 네 식구가 둘러앉은 저녁 식탁인데 영 기운이 나지 않았다. 이게 다 기름 덩어리 때문이었다.

식사를 마치고, 식구들은 각자 방으로 들어가 방문을 닫았다. 할아버지 방에서는 이내 코골이 소리가 울렸다. 꽤나 피곤하신 모양이었다. 승아도 일찌감치 잠자리에 들었다. 하지만 잠은 쉽게 찾아들지 않았다. 식탁에서 오갔던 이야기들이 승아의 머릿속을 어지럽혔다.

'앞으로 어떻게 될까……?'

아무리 생각해도 답은 나오지 않았다. 머릿속만 복잡했다.

"도와주세요! 흐어엉!"

울음소리가 승아의 잠을 깨웠다. 이리저리 뒤척이다가

겨우 잠이 들었는데 무슨 일인가 싶었다. 승아는 두 눈을 비비적거리며 몸을 일으켰다. 방문 밖에서 어른들의 발걸음 소리가 울렸다.

"무슨 일이야?"

아빠 목소리였다. 승아도 방문을 열고 밖으로 나갔다.

"할머니가요, 할머니가……."

강치가 마당 한가운데 우뚝 선 채 꺽꺽거렸다. 아빠가 대문 밖으로 튀어 나갔다. 할아버지도 아빠의 뒤를 따랐다. 강치도 바지런히 몸을 돌리는데, 엄마가 강치를 집았다.

"할머니가 왜?"

"쓰러지셨어요!"

강치는 한 마디를 툭 뱉고 대문을 빠져나갔다. 엄마가 초조한 듯 발을 동동거리며 대문 밖을 살폈다. 아빠가 급히 집으로 돌아왔다. 그리고 차 키를 챙겨 뒷마당에 세워 놓은 차를 빼냈다. 그러는 새 할아버지가 강치 할머니를 등에 업고 대문 앞으로 왔다. 할아버지 옆에서 강치는 엉엉 울었다. 할아버지와 강치 할머니, 강치를 태우고 아빠 차가 멀어졌다.

"하루 종일 기름 작업을 하시더니……."

멀어지는 자동차를 보며 엄마가 중얼거렸다.

"강치 할머니도 심장이 아파?"

승아가 엄마에게 물었다. 엄마는 도리질을 했다.

"없던 병도 생길 판이라고 했잖아. 좀 쉬엄쉬엄했어야 하는데, 연세도 있으신 분이 쉬지도 않고 계속하시더라니……."

엄마는 활짝 열린 대문을 닫으며 끌끌 혀를 찼다.

"기름 없애는 일을 해도 돈 줘?"

엄마와 함께 마당을 지나 집 안으로 들어오며 승아가 물었다.

"돈을 누가 줘? 당장 우리가 먹고 살아야 하니까 하는 거지."

엄마가 투박하게 대꾸했다. 승아는 고개를 갸웃 저었다. 강치 할머니는 돈 되는 일만 쫓아다닌다고 했다. 그런데 오늘은 돈도 안 되는 일을 왜 그렇게 열심히 했을까 싶었다.

"바다에 기름이 빠져야 돈 되는 일도 할 수 있잖아."

엄마가 승아의 궁금증을 풀어 주었다. 승아가 다시 물었다.

"강치 할머니는 왜 그렇게 돈 버는 데 열심이야?"

엄마가 슬쩍 승아를 쳐다보았다. 그러고는 한숨 섞인 목소리로 말했다.

"할머니 혼자 강치를 키워야 하잖아."

"아!"

강치에게는 할머니만 있었다. 아빠도 엄마도 없었다. 강치를 키우려고 강치 할머니는 돈 버는 데 그렇게 열심이었나 보다. 그것도 모르고 승아는 강치 할머니가 돈 버는 데만 혈안이 되어 있다고 생각했다. 그래서 정이 가지 않았다. 미안했다. 강치에게도 강치 할머니에게도.

승아는 할머니와 강치가 빠져나간 뒷집을 흘깃 바라보았다. 강치 할머니가 무사하기를 빌었다.

성난 목소리

창밖이 희뿌옇게 밝았다. 어느새 일요일 아침이었다.

승아는 눈을 비비며 방을 나섰다. 활짝 열린 미닫이문으로 찬바람이 들었다. 그리고 찬바람 속에 역한 냄새가 그대로 남아 기세를 떨쳤다. 절로 눈살이 찌푸려졌다.

달그락 소리를 따라 승아는 부엌으로 들어갔다. 강치가 식탁에 김치 그릇을 올려놓다 말고 놀란 눈으로 승아를 보았다. 승아도 겸연쩍었다. 눈길을 슬쩍 엄마에게로 돌렸다.

"깨울 참이었는데, 잘 됐다. 둘이 아침 먹고 좀 치워."

엄마가 식탁 한가운데 된장찌개를 올렸다. 그리고 한 쪽 옆에 있던 김 그릇도 내어놓았다. 강치는 엄마가 덜어 놓은 멸치볶음과 무말랭이무침을 식탁에 놓았다.

"엄마 어디 가?"

"마을 회관에. 회의한대."

엄마는 말을 마치고 부엌을 빠져나갔다. 승아는 시계를 보았다. 오전 7시 50분. 일요일인데도 어른들은 바쁜 모양이었다. 승아는 멋쩍은 얼굴로 식탁 앞에 앉았다. 강치도 주뼛거리며 승아 앞에 자리를 잡았다.

"넌 언제 왔냐?"

승아가 물었다.

"새벽에."

"할머니는?"

"병원에."

강치가 짧게 대꾸했다. 승아는 고개를 들어 강치를 보았다. 할머니가 많이 아픈가 싶었다.

"무슨 검사를 해야 한대. 할아버지가 있겠다고 하셔서 아저씨랑 나랑 들어왔어."

강치가 말을 붙였다. 승아는 고개를 끄덕이며 밥을 먹었다.

"넌 괜찮냐?"

강치가 물었다. 승아는 눈을 동그랗게 뜨고 강치를 보았다. 지금 괜찮냐고 물어야 할 사람은 승아였다. 강치의 할머니가 병원에 있으니까 말이다.

"연재 아예 이사 갔다며……."

강치가 말했다. 승아는 부리나케 고개를 숙였다. 강치가 처음이었다. 승아에게 연재가 떠나서 괜찮냐고 물어본 사람이. 왈칵 눈물이 쏟아질 것 같아서 승아는 얼른 밥을 입에 넣었다. 꿀꺽. 울음이 밥과 함께 넘어갔다.

"너야말로 괜찮냐?"

이번에는 승아가 물었다.

"할머니 아프시잖아."

강치가 승아의 말을 알아듣지 못하는 것 같아서, 승아는 친절하게 말을 덧붙였다.

"너희 가족이 옆에 있어서 진짜 다행이야."

강치가 씩 웃었다. 승아는 고개를 끄덕였다. 강치가 할머니랑 둘이 낯선 동네에 살고 있지 않아서 다행이었다. 강치 할머니가 승아 할아버지의 오랜 친구인 것도.

아침을 먹고, 설거지를 하고, 승아는 마루 끝에 앉았다. 오늘도 바다는 시커멨다. 강치가 큰방에서 나와 신발을 신었다.

"집에 가게?"

승아가 물었다.

"응, 저기……."

강치가 머뭇거렸다. 뭔가 할 말이 있는 것도 같았다. 미안하다거나 고맙다거나 뭐 그런 말이 아닐까 싶었다. 승아는 잽싸게 신발을 신었다. 강치에게서 그런 말을 듣고 싶지 않았다. 그런 말이라면 승아가 강치에게 먼저 해야 할 것도 같았다. 강치가 친근한 척 들러붙을 때마다 톡톡 쏘아붙인 사람이 승아였다. 그리고 어제 승아의 고함을 듣고 연재를 구하러 달려온 사람은 강치였다. 하지만 미안하다는 말도 고맙다는 말도 쉽게 나오지 않았다. 쑥스러웠다. 이럴 때는 그냥 모르는 척 같이 노는 게 나았다.

"마을 회관에 가 보자."

승아의 말에 강치는 쭐레쭐레 걸음을 옮겼다.

"그걸 이제 말하면 어쩌자는 거요?"

마을 회관에 다다르는데, 이장님 목소리가 거칠게 울렸다. 승아와 강치는 잰걸음으로 마을 회관에 다가가 조심스럽게 여닫이문을 열었다. 마을 회관 현관에는 아무렇게나 벗어 놓은 신발이 그득했다. 마을 어른들은 노란 장판이 깔린 회관 거실에 겹겹으로 둘러앉아 있었다. 마을 어른 대부분이 나와 있는 듯했다. 거실 가운데에는 낯선 아저씨 둘이 마을 어른들을 마주 보며 앉아 있었다.

"저희도 사태를 파악하느라 시간이 좀 걸렸습니다."

가운데 앉은 아저씨가 말했다.

"그런 줄도 모르고 맨몸으로 하루 종일 기름 덩어리를
퍼 날랐다고요!"

부녀회장 아주머니도 목청을 높였다.

"어젯밤에 동네 할머니 한 분은 병원에 실려 가셨어
요!"

승아 엄마가 소리쳤다. 아마도 강치 할머니를 이야기
하는 것 같았다.

"나도 밤새 배앓이를 하느라고 기운이 쪽 빠졌어!"

"밤새 두통 때문에 잠도 제대로 못 잤는데!"

여기저기에서 아우성이 터졌다.

"그게 다 가스 때문이었다니!"

"어떻게 보상할 거예요?"

어른들의 목소리에 분노가 가득했다. 가운데 앉은 아
저씨들은 말없이 고개만 조아렸다.

"누구세요?"

승아가 앞에 앉은 아저씨에게 물었다.

"동사무소에서 나왔대. 방제 작업하는 거 가르쳐 준다고."

"참 일찍도 알려 준다, 진짜."

옆에 앉은 아주머니가 불퉁거렸다.

"이제라도 제대로 해야 하니 진정들 하고 배웁시다!"

이장님이 마을 어른들을 진정시키며 거실 한가운데로 나왔다. 여기저기에서 퉁퉁거리던 목소리가 차츰 가라앉았다. 동사무소 아저씨가 커다란 짐 가방을 앞으로 내밀며 말했다.

"저희가 방제복을 갖고 왔는데요, 이걸 입고 작업을 하셔야 합니다. 맨손으로 하시면……."

"이미 어제 하루 종일 달랑 고무장갑 하나 끼고 했다고!"

분노에 찬 목소리가 솟아올랐다. 분노에 분노를 더하

는 목소리와 분노를 가라앉히려는 목소리가 한데 엉겼다. 회의인지 교육인지 알 수 없는 무엇인가는 제대로 진행되지 않았다. 어른들은 동사무소에서 나온 아저씨들의 말을 귀담아들으려 하지 않았다. 마음속에 켜켜이 쌓인 화를 풀어내고 싶어 안달이 난 듯싶었다.

"가자."

강치가 승아에게 손짓을 했다. 승아는 말없이 강치를 따라 나왔다.

"뭐가 어떻게 돌아가고 있는 건지……."

터벅터벅 걸음을 옮기는데 저절로 한숨이 나왔다. 마을은 한동안 시끌시끌할 것 같았다.

강치는 할머니에게서 연락이 올지도 모른다며 집으로 갔다. 승아는 연재네 집으로 방향을 잡았다. 주인이 없는 빈집으로 향하는 마음이 편치는 않았다. 하지만 연재네 집에 있는 승아의 물건을 찾아야 했다.

연재네 집 앞에서 승아는 흠흠 헛기침을 했다. 그리고

텅 빈 집을 향해 큰 소리로 인사를 하고, 연재 방으로 들어갔다. 연재 방은 어제 아침과 다를 바 없었다. 둘이 나란히 누워 자고 일어난 이부자리며, 머리맡에 돌돌 말아둔 초상화 그리고 연재의 책상, 가방과 승아랑 둘이 나눠

가진 까만 토끼 인형까지……. 모든 게 그대로인데 연재
만 없다는 게 여전히 실감 나지 않았다.

승아는 홰홰 고개를 저었다. 연재는 아픈 친구였다. 그
리고 지금 이곳은 건강한 사람들도 두통과 복통에 시달
리는 재난 지역이었다. 이곳을 떠나는 게 맞았다.

"연재야, 건강하게 다시 만나!"

승아는 초상화를 집어 들고 연재네 집을 나섰다.

느릿느릿 집으로 향하는데 마을 회관 쪽이 시끌시끌했
다. 승아는 몸을 틀어 마을 회관으로 향했다.

"보상은 누가 해 주는 거냐고?"

동네 할머니가 쨍한 목소리로 따졌다.

"일단은 방제 작업이 우선이니까요……."

동사무소 아저씨의 목소리가 들렸다.

"그렇게 급했으면 진즉에 왔어야지, 다 망가진 다음에
오면 무슨 소용이야?"

동네 아저씨가 버럭 화를 냈다.

"굴밭이랑 전복밭에 쌓여 있는 기름 덩어리는 어쩔 거요?"

마을 어른들은 성난 목소리를 끊임없이 쏟아 냈다. 마음이 영 불편했다. 승아는 마을 회관 앞에서 몸을 돌렸다. 전에도 승아는 마을 어른들의 성난 목소리를 들은 적이 있었다. 태풍이 마을 앞바다를 한바탕 휘젓고 돌아간 다음이었다. 그때에도 어른들은 마을 회관에 모여 한탄을 하고 성을 냈다. 하지만 그뿐이었다. 어른들은 곧장 마음을 모아 바다로 나갔다. 그리고 굴 양식장의 부러진 나무 막대들을 수리하고, 마구잡이로 엉킨 굴밭과 전복밭을 바로잡았다. 그런데 이번에는 그때랑 달랐다. 어른들의 화는 꽤나 오래갈 것 같았다.

초상화를 품에 안고 집으로 다가가는데 집 앞에 익숙한 자동차가 보였다. 이모 차였다. 승아는 부리나케 집으로 달려갔다.

"어디 갔다 와?"

정아가 승아에게 냉큼 다가왔다. 이모랑 이모부 그리고 사촌 은민이도 있었다.

"마을 회관에!"

"엄마랑 아빠도 거기 계셔?"

이모가 물었다. 승아는 이모에게 마을의 일을 간단하게 전했다.

"우리도 방제 작업 거들러 왔어."

은민이가 말했다. 은민이는 초등학교 4학년이었다.

"그거 그냥 맨손으로 하면 안 된대."

승아가 말했다. 은민이는 자동차 뒷자리에서 하얀색 옷을 꺼냈다. 방제복이라고 했다.

"우리도 마을 회관에 가 보자."

이모부가 말했다. 승아는 챙겨 온 초상화를 방에 두고 다시 집을 나섰다. 정아가 마을 회관을 향해 달음박질을 했다. 그 뒤를 은민이가 따랐다. 같이 지내더니 꽤나 친해진 모양이었다. 워낙에 은민이랑 사이가 나쁘지는 않

왔다. 승아도 얼른 몸을 움직였다.

부지런히 달려가는데, 마을 어른들이 상하의가 붙어 있는 하얀색 옷을 입고 마을 회관을 나서기 시작했다. 어른들은 하얀색 옷에 이어진 하얀 모자를 뒤집어쓰고, 하얀색 두툼한 장갑을 양손에 끼고 있었다. 코와 입을 덮는 하얀색 마스크도 쓰고 있어서 얼핏 보면 병원이나 보건소에서 일하는 사람들 같았다. 동사무소 아저씨가 내어 준 방제복이었다. 정아와 이모가 엄마에게 달려갔다. 방제복을 입고 나서던 엄마가 정아와 이모를 반겼다. 아빠도 이모부와 은민이를 반갑게 맞았다. 마을 회관을 가득 채우던 성난 목소리가 일단은 가라앉은 듯 보였다.

하얀 물결

엄마는 정아와 승아에게 은민이를 데리고 집에 가 있으라고 했다. 하지만 정아는 기껏해야 오늘 하루 도울 수 있다며 완강히 버티었다. 엄마는 하는 수 없다는 표정으로 정아에게 방제복을 건넸다. 하지만 승아와 은민이는 안 된다고 했다.

"바다를 이렇게 엉망으로 만든 것도 미안한 일인데, 굳이 어린 너희들까지 험한 일에 나설 필요 없어. 집에 가 있어라."

아빠도 승아와 은민이를 말렸다. 정아처럼 꿋꿋하게

버티고 싶었지만 어쩔 수 없었다. 승아는 은민이를 데리고 마을 안쪽으로 향했다. 그런데 불쑥 강치가 나타났다. 강치는 승아에게 손 인사를 건네고 바닷가를 향해 몸을 돌렸다. 승아가 강치를 잡았다.

"애들은 그냥 집에 있으래."

"왜?"

강치가 눈을 휘둥그레 뜨고 물었다.

"기름에서 나오는 가스가 몸에 좋지 않다고……."

"그래도 누구든 해야 하는 일이잖아."

강치가 목소리에 힘을 넣었다.

"어른들이 한대."

옆에서 은민이가 말을 붙였다. 강치는 힐끗 은민이를 보고는 다시 승아에게 말했다.

"이 동네를 떠날 거면 모를까, 여기에서 계속 살 거면 우리한테 더 소중한 바다 아닌가?"

승아는 멀뚱멀뚱 강치를 쳐다보았다. 강치가 말을 이

었다.

"바다를 덮고 있는 저 기름 덩어리는 빨리 치울수록 좋을 거고!"

"그래서 너도 같이 기름 걷는 일을 하겠다고?"

승아가 강치에게 물었다. 강치는 당연하다는 듯 고개를 끄덕였다. 그러고는 팽하니 바다 쪽으로 달려갔다. 승아는 자리에 우뚝 선 채 강치를 바라보았다. 강치는 곧장 이장님에게로 다가갔다. 그러고는 몇 마디 이야기를 나누더니 이장님에게서 방제복을 건네받았다.

"어엇!"

승아의 걸음이 바다로 향했다. 이번에는 은민이가 승아를 잡았다.

"우린 집에 있으라고 하셨잖아."

"응, 그렇긴 한데⋯⋯."

승아는 고개를 돌려 바다를 보았다. 바다는 이전의 바다가 아니었다. 시커먼 기름에 덮여 자기 색깔을 잃어버린 죽은 바다였다. 죽은 바다에서는 무엇도 살아 낼 수 없었다.

"우선은 바다부터 살리는 게 맞는 것 같아!"

승아가 은민이를 쳐다보았다. 은민이 눈빛이 살짝 흔들렸다. 어떻게 할까 고민하는 것 같았다.

"넌 집에 가 있어. 넌 여기에서 사는 것도 아니니까."

말을 마치고 승아는 바다를 향해 몸을 돌렸다. 은민이가 말을 뱉었다.

"나도 바다 좋아해."

승아가 은민이를 돌아보았다.

"나도 시커멓고 냄새나는 바다는 싫어."

"그럼 너도 같이 갈래?"

승아가 물었다. 은민이가 생긋 웃으며 고개를 끄덕였다. 승아는 은민이의 손을 잡고 이장님을 찾았다.

이장님은 마을 어른들을 바다에서 갯벌 끝, 마을로 들어가는 도로 입구까지 길게 한 줄로 세우고 있었다. 줄의

끝에는 커다란 트럭이 대기하고 있었다. 마을 사람들이 퍼다 나른 기름 덩어리를 트럭에 실어 옮길 모양이었다. 승아는 부지런히 줄을 정리하고 있는 이장님에게 다가갔다.

"왜? 승아도 하려고?"

이장님이 먼저 물었다. 승아는 얼른 고개를 끄덕였다. 이장님이 부녀회장 아주머니를 불렀다. 부녀회장 아주머니가 승아와 은민이에게 방제복을 건넸다. 승아와 은민이는 그 자리에서 방제복을 입고 장갑을 끼고 마스크를 썼다.

"승아도 이리로 오자."

이장님이 도로 입구 쪽으로 자리를 만들었다. 바로 앞에 강치가 있었다. 강치는 승아와 눈을 맞추고는 엄지손가락을 들어 올렸다. 마스크에 가려 보이지는 않지만 강치는 웃고 있었다. 반쯤 접힌 눈이 그렇게 말했다.

바다 가까이에는 어촌계 어른들이 있었다. 어른들은

구령을 외치며 삽으로 기름 덩어리를 퍼다가 하얀 양동이에 담았다. 양동이는 그 뒤에 줄줄이 늘어선 사람들의 손을 거치며 도로 입구까지 옮겨졌다. 승아와 은민이는 앞사람에게서 건네받은 양동이를 뒤로 옮기는 일을 했다. 간단하지만 필요한 일이었다. 승아와 은민이가 없으면 앞에 선 사람이 양동이를 들고 몇 걸음씩 걸어야 할 판이었다.

부녀회 아주머니들은 하얀색 종이를 들고 시커먼 기름이 덮여 있는 바닷가 바위를 닦았다. 아주머니들이 들고 있는 종이는 기름을 쉽게 빨아들이는 흡착포였다. 진즉에 흡착포가 있었더라면 참 좋았을 텐데, 어제 부녀회 아주머니들은 집에 있는 걸레를 들고나와 미끄러지는 바위를 닦고 또 닦았다. 그래 봐야 걸레에 묻어나는 기름은 많지 않았다. 그런데 흡착포는 달랐다. 흡착포가 쓸고 지나간 바위는 어렵지 않게 칠흑 같은 검은빛을 덜어 냈다.

작업을 시작한 지 사십 분이 되자 호루라기 소리가 삐

리릭거리며 울렸다.

"지금부터 이십 분 동안 휴식입니다. 되도록 바다에서 멀리 떨어진 곳으로 나가서 쉬었다 오세요."

동사무소 아저씨가 확성기를 들고 쩌렁쩌렁 말했다.

"이렇게 했어야 하는 작업을 어제는 너무 무식하게 했네."

부녀회 아주머니가 마을 입구로 나오며 넋두리를 했다. 옆에 있는 아주머니들도 고개를 주억거렸다.

"가서 새참이라도 준비할까요?"

부녀회장 아주머니가 이장님에게 물었다.

"간식은 군청에서 준비했습니다. 조금 있으면 배송되어 올 거예요."

동사무소 아저씨가 말했다. 부녀회 아주머니들은 또 진즉에 이렇게 했어야 했다고 중얼거렸다. 말이 끝나기가 무섭게 군청 차량이 도착했다. 차량에서는 빵과 우유가 넉넉하게 나왔다.

"이런 거 먹으면서 무슨 일을 하라는 거여?"

빵을 씹으며 마을 아저씨가 장난기 섞인 말투로 투덜거렸다.

"이따 오후에는 국수랑 전이랑 막걸리도 갖고 올게요."

간식을 준비해 온 군청 아저씨가 큰 소리로 대꾸했다. 마을 아저씨들이 좋다며 껄껄 웃었다. 얼마 전까지 성난 얼굴로 싸워 대던 사람들이 맞나 싶었다. 어쨌든 다행이었다.

군청 차량이 떠나고 다시 작업을 시작하려는데, 군인 트럭이 마을로 들어왔다. 그리고 하얀 방제복을 입은 군인이 우르르 내렸다. 군인들은 삽과 흡착포를 들고 바닷가로 씩씩하게 걸어갔다. 바닷가에서 작업을 하던 어촌계 어른들은 흡착포를 들고 바닷가 바위 쪽으로 흩어졌다. 시커먼 바다 주위에 하얀 방제복을 입은 사람들이 빼곡했다.

"승아랑 강치는 그만 들어가도 되겠다."

이장님이 큰 소리로 말했다.

"그래. 그만 들어가."

승아 엄마도 기다렸다는 듯 말을 보탰다. 승아는 힐끔 강치를 보았다. 강치는 어쩔까 고민하는 얼굴이었다.

"들어가서 할 것도 없는데요, 뭐. 여기에서 뭐라도 할래요."

승아가 힘 있게 말했다. 강치가 활짝 웃었다. 은민이도 승아의 손을 잡았다.

"그럼 바다 가까이는 말고, 안쪽으로 돌아다니면서 기름기가 보이면 좀 닦아 내."

이장님이 흡착포를 내밀며 말했다. 그리고 다 쓴 흡착포도 따로 모아야 한다며 꼭 갖고 오라고 했다. 아이들은 한목소리로 "네!" 대답했다.

"우리 어디로 갈까?"

은민이가 물었다. 순간 승아는 비밀 장소를 떠올렸다. 연재랑 둘이 만나던 그곳도 시커먼 기름 덩어리에 덮여 있었다.

"거기 갈래?"

강치가 물었다. 승아는 강치를 쳐다보며 눈을 휘둥그레 떴다. 강치가 어디를 말하는 건지 궁금했다.

"너랑 연재랑 유리병 넣어 놓은 곳!"

강치가 말했다. 승아는 냅다 주먹을 쥐었다. 거기는 연재와 승아의 비밀 장소였다.

"어쩌다 보게 된 거야! 바람의 언덕, 거기가 내 비밀 장소거든……."

강치가 두 손을 흔들며 변명을 해 댔다. 승아는 승아를 끌고 성큼성큼 바람의 언덕으로 향하던 강치를 떠올렸다. 거침이 없다 싶더니 바람의 언덕은 강치가 홀로 자주 찾던 곳이었다. 연재와 함께 다닐 때 승아는 강치를 보고도 못 본 척 따돌렸다. 그러니 강치는 심심했을 거였다.

"가서 열심히 닦아 줘야 해."

승아가 팔짱을 끼고 강치를 째렸다. 강치는 걱정 말라

며 유리병도 꺼내서 깨끗이 닦아 주겠다고 큰소리를 떵떵 쳤다. 승아는 삐친 척 새우 눈을 뜨고 비밀 장소를 향해 걸음을 옮겼다. 방제 작업은 승아와 연재의 비밀 장소가 있는 쪽으로도 어지간히 진행되어 있었다. 승아는 어렵지 않게 비밀 장소로 들어왔다.

"여기지?"

강치가 흡착포를 넓게 펼쳐 비밀 장소의 벽면을 닦았다. 은민이도 열심히 강치를 도왔다. 드디어 유리병이 눈앞에 나타났다. 승아와 연재의 비밀 편지가 담긴 소중한 유리병이었다.

"여기 뭐라고 쓴 거야?"

유리병을 내밀며 강치가 물었다.

"비밀이야!"

승아는 유리병을 장갑 안쪽에 밀어 넣었다. 편지는

2007년 12월 6일
승아♥연재

연재와 함께 꺼내 봐야 했다. 마음에 살랑살랑 따뜻한 바람이 번졌다. 비밀 편지가 담긴 유리병을 찾았으니 연재도 기뻐할 거였다.

비밀 장소에 묻은 기름때를 구석구석 닦아 내고 있는데, 마을 쪽으로 택시가 들어왔다. 그리고 승아 할아버지와 강치 할머니가 택시에서 내렸다. 강치는 헐레벌떡 마을 쪽으로 달려갔다. 승아도 흡착포를 한 손에 쥔 채 강치를 따라갔다.

"할머니, 괜찮아요?"

강치는 마스크를 내리고, 할머니에게 답삭 안겼다. 할머니는 강치의 얼굴을 쓰다듬으며 괜찮다고 고개를 주억거렸다.

"너희들, 지금 뭐 하는 거야?"

할아버지가 강치와 승아를 번갈아 보며 물었다.

"바다 청소요. 어른들이랑 같이 하고 있어요."

강치가 말했다.

"아니, 너희들까지 왜?"

강치 할머니가 물었다.

"바다가 돌아와야 우리도 살 수 있잖아요."

승아도 마스크를 내리고 큰 소리로 대꾸했다. 옆에서 은민이도 고개를 끄덕였다. 강치 할머니와 승아 할아버지가 빙시레 미소를 지었다.

마을 입구로 승합차가 미끄러져 들어왔다. 승합차에서는 낯선 이들이 우르르 내렸다. 사람들은 이장님을 찾아가 방제복을 받아 들고 뚜벅뚜벅 바다로 향했다. 방제 작업을 거들려고 온 방문객이었다. 그 뒤로도 몇 대의 승용차가 줄줄이 마을을 찾았다.

"서해 바다가 기름 때문에 죽어 간다는데 어떻게 모른 척 가만히 있어요?"

승용차에서 내린 사람들은 기꺼운 얼굴로 방제복을 입고 시커먼 바닷가로 향했다.

승아는 몸을 돌려 바다를 보았다. 바다 주위에 하얀 물결이 빼곡했다. 하얀 방제복을 입은 사람들의 물결이었다. 사람들의 물결이 사라지면 파란 바다에 일렁이는 하얀 파도를 볼 수 있을 거였다. 그때가 되면 지금은 사라진 바닷새도, 갯벌 위를 종종거리며 돌아다니는 바닷게도 볼 수 있지 않을까 싶었다.

"나중에 연재가 오면, 비밀 장소에서 같이 놀자."

승아가 강치에게 말했다.

"꼭 연재가 와야 같이 놀 수 있어?"

강치가 물었다. 승아는 당연하다는 듯 고개를 끄덕였다. 비밀 장소는 승아와 연재가 함께 찾아내고 함께 만들어 온 곳이었다.

"비밀 장소 말고 다른 데서는 연재가 없더라도 놀 수 있지."

승아가 선심 쓰듯 말했다.

"우와, 그럼 빨리 청소해야겠다."

강치가 다시 마스크를 썼다.

"다시 시작하자!"

승아가 오른손을 번쩍 들어 올렸다. 강치와 은민이도 승아처럼 오른손을 들었다. 셋은 검은 바다를 지키는 하얀 물결 속으로 위풍당당하게 들어갔다.

작가의 말

승아의 이야기를 이렇게 끝냅니다.

"으앗, 말도 안 돼!!!"

"승아가 살던 의항리 앞바다는 어떻게 됐어요?"

"승아는 연재를 다시 만났나요?"

"비밀 편지에는 뭐라고 적혀 있어요?"

아이고, 아이고!!!

우리 친구들의 질문이 마구 쏟아지네요. 이럴 줄 알았습니다. 크크.

이 이야기는 2007년 12월 7일 태안 앞바다에서 벌어진 실제 사건을 다루고 있습니다. 인터넷에서 '2007년 서해안 원유 유출 사고'를 검색하면 어마어마하게 많은 자료가 올라올 거예요. 바로 거기에 우리 친구들이 궁금해하는 것들이 거의 다 담겨 있습니다. 물론 승아와 연재의 비밀 편지는 나오지 않아요. 그건 승아와 연재 둘만의 비밀 편지니까요. 히힛.

서해안 원유 유출 사고로 태안군과 서산시에 있는 양식장과 어장이 오염되어 어패류가 죽고, 짙은 기름띠가 태안군 앞바다는 물론 전북 군산 앞바다까지 밀려갔습니다. 갑작스러운 사고에 막대한 피해가 벌어진 상황이었어요.

초반에는 다소 우왕좌왕했지만, 사람들은 곧 힘을 모으기 시작했습니다. 정부에서는 이곳을 특별 재난 지역으로 선포하고 각종 지원을 아끼지 않았으며 전국에서 123만 명에 이르는 자원봉사자가 태안을 찾아와 기름 제거 작업을 도왔습니다. 사고 초기에는 태안 앞바다가 제 모습을 찾기까지 적어도 10년 이상이 걸릴 거라고 예상하였는데, 수많은 사람들의 지속적이고 자발적인 노력 덕분에 사고 발생 7개월 만인 2008년 7월, 태안군 만리포해수욕장에서는 국제바다수영대회가 열렸습니다. 그리고 2009년 12월에는 태안해안국립공원의 해양 수질과 어종이 원유 유출 사고 이전과 비슷한 정도로 좋아졌다는 정부의 발표가 있었습니다. 정말 다행이지요?

사상 최악의 해양 오염 사고였음에도 전 국민의 헌신적인 노력과 다시 일어서겠다는 태안 군민들의 굳은 의지로 태안 앞바다는 사고 발생 2년 만에 거의 제 모습을 찾았습니다. 하지만 그 시간 동안 태안 앞바다에 의지하며 살아가던 어민들의 마음은 얼마나 타들어 갔을까요? 생각하면 지금도 미안한 마음만 가득합니다. 기상 상황이 좋지 않았으니 애초에 예인선이 해상 크레인을 끌고 출항하지 않았더라면 얼마나 좋았을까요.

예고 없이 불쑥 찾아오는 사고에 대비하여 점검하고 조심하는 자세를 지녀야겠습니다. 그리고 기왕에 사고가 벌어졌다면 승아네 마을 사람들이 그랬던 것처럼 마음을 모아 사고를 수습하는 태도를 가져야겠습니다. 검은 기름에 뒤덮인 바다를 바라보며 단짝 연재와의 갑작스러운 이별을 단단하게 받아들이고 지혜롭게 헤쳐 나갔던 승아처럼 말입니다. 앞으로 다시는 이런 사고가 일어나지 않기를 바랍니다.

최은영

서바이벌 재난 이야기

2007년 서해에서 무슨 일이 있었을까?

2007년 12월 7일 오전 7시 6분, 충청남도 태안 앞바다에서 삼성중공업 해상 크레인이 홍콩 유조선기름을실은배 허베이스피릿호를 들이받았다. 예인선다른 배를 끌고 가는 배 두 척이 해상 크레인에 와이어철사 줄를 연결해 인천에서 경상남도 거제로 끌고 가던 중, 예인선 한 척의 와이어가 높은 파도의 힘을 이기지 못하고 끊어지자 해상 크레인이 파도에 떠밀려 가까운 곳에 닻을 내리고 머물던 유조선에 부딪힌 것이다.

아홉 차례의 충돌로 유조선의 원유 저장 탱크에 세 개의 구멍이 뚫렸고, 이를 통해 원유 1만 2,547㎘ 약 10,900톤가 쏟아져 나왔다. 이는 우리나라에서 일어났던 최악의 해양 오염 사고로, 올바른 명칭은 '삼성-허베이스피릿호 원유 유출 사고'이다.

어떤 피해가 있었을까?

유조선에서 흘러나온 기름은 바람과 바닷물의 흐름을 따라 동남쪽으로 퍼져 나가다가 우리나라에서 손꼽히는 청정 해역이던 태안 앞바다를 검은색으로 물들였다. 파도가 높고 바람이 거센 데다 관계자들이 갑작스러운 사고에 우왕좌왕한 탓에 초기에 적절한 대응을 하지 못했다. 그 결과 기름은 금세 태안반도 연안까지 밀려왔다. 결국 167㎞에 이르는 해안선이 기름에 뒤덮였다. 양식장은 까맣게 변해 버렸고, 바다에 사는 수많은 해양 생물들도 목숨을 잃어 생태계가 파괴되었다.

재난을 입은 것은 바다와 바다 생물뿐만이 아니었다. 사고가 난 곳에서 수십 킬로미터 떨어진 태안읍 시내에서도 지독한 기름 냄새가 날 정도로 피해는 넓은 지역으로 퍼져 나갔다. 바다를 삶의 터전으로 삼고 살아가던 주민들은 하루아침에 생계를 걱정하게 되었다.

굴·김·바지락 양식장이 망가져 더 이상 운영을 할 수도 없었고, 바다가 오염되었으니 배를 타고 나가 물고기를 잡을 수도 없었으며, 해수욕장을 찾아온 관광객을 상대로 한 장사도 할 수 없었다.

정부는 사고 다음 날인 8일에 태안 등 6개 시와 군에 재난 사태를 선포하고, 11일에는 이 지역을 특별 재난 구역으로 지정했다.

사고가 왜 일어났을까?

사고가 일어나기 전날, 해상 크레인은 인천에 정박해 있었다. 다음 날까지 해상 크레인을 경상남도 거제로 옮겨야 했던 예인선 선장은 기상 상황이 나쁠 것으로 예보되었음에도 불구하고 무리하게 출항했다. 하지만 예보대로 기상이 점점 나빠졌고, 사고 당일 새벽에는 풍랑 주의보가 내려졌다.

거센 파도에 떠밀린 예인선은 결국 항로를 벗어났고, 해상 크레인과 연결된 예인선 두 척 중 한 척의 와이어가 끊어졌다. 그런데 멀지 않은 곳에 유조선 허베이스피릿호가 서산 대산항에 들어가기 위해 정박 중이었다. 예인선의 와이어가 끊긴 탓에 중심을 잃은 해상 크레인은 떠밀려 가다가 유조선 허베이스피릿호에 부딪혔다. 유조선 선장은 해상 크레인이 적절하게 거리를 둘 거라 예상하고 적극적으로 피하지 않았다.

예전 모습으로 어떻게 되돌렸을까?

사고가 일어난 뒤, 태안군과 해경은 방제 작업을 위해 공무원과 군인 들을 현장으로 보냈다. 언론에서 기름으로 온통 시커멓게 오염된 해안을 본 시민들은 남녀노소 가리지 않고 태안으로 모여들었다. 전국 곳곳에서 모인 시민들은 방제복을 입은 다음 묵묵히 기름에 오염된 모래를 퍼내고, 바위에 묻은 기름을 닦아 냈다.

한겨울 세찬 바닷바람에도 태안을 찾는 시민들의 발걸음은 끊이지 않았다. 많은 날은 하루에 6만 명이 넘는 사람들이 태안을 찾았고, 예전 모습을 되찾을 때까지 방제 작업에 뛰어든 자원봉사자는 모두 123만 명에 이르렀다. 자원봉사자들의 헌신적인 활동으로 방제 작업은 빠르게 진행되었다.

2008년 6월, 피해 지역 가운데 많은 곳이 옛 모습을 되찾자 자원봉사 활동이 차츰 마무리되었다. 6월 27일에는 사고 이후 처음으로 해수욕장을 개장하기도 했다. 2009년에는 안면도에서 국제꽃박람회를 열었다. 예전 모습으로 돌아가는 데 적어도 10년 이상 걸릴 것이라는 전문가들의 예상과 달리, 태안 바다는 국민들의 관심과 헌신으로 빠르게 원래 모습을 되찾았다.

2016년, 세계자연보전연맹은 태안해안국립공원을 청정해역으로 인정했다. 대규모 환경 재난을 정부·지방자치단체·민간단체·시민들이 힘을 모아 극복했다는 점을 높이 인정받아, 2022년에는 '태안 유류 피해 극복 기록물'이 유네스코UNESCO 세계 기록 유산 아시아·태평양지역위원회 '세계 기록 유산 지역 목록'에 이름을 올렸다.

겉보기에 태안은 예전의 모습으로 돌아온 것처럼 보이지만, 원유 유출 지역에 오래 거주한 주민들은 고혈압, 암 등의 후유증을 호소하고 있다. 또한 사고를 일으킨 회사에서 지급한 보상금은 복잡한 절차 때문에 피해를 입은 주민들에게 아직도 제대로 지급되지 않은 상황이다.

2007년 사고 이후 정부는 원유 유출 사고가 발생했을 때 해경이 책임지고 방제 지휘를 하도록 정했다. 그래야 사고 초기에 발 빠르게 대응해 피해를 최대한 줄일 수 있기 때문이다.

해양 오염 사고가 발생하면 어떻게 해야 할까?

해양 오염 사고가 발생했을 때 사고의 영향을 직접 받을 수 있는 위험 지대에 살고 있다면 빨리 대피해야 한다. 대피할 때에는 되도록 방독면, 물수건, 마스크 등으로 코와 입을 막고, 커다란 비닐을 두르거나 비옷을 입어 기름이 몸에 닿지 않도록 한다.

대피하고 나서는 사고 발생 상황을 라디오, 텔레비전, 인터넷을 통해 수시로 파악해야 한다. 기름에 닿았을 때에는 빠른 시간 내에 비누로 깨끗이 씻어야 한다.

글쓴이 **최은영**

방송 작가로 활동하며 어린이 프로그램을 만들다 동화의 매력에 빠졌습니다.
2006년 황금펜아동문학상과 푸른문학상을 받으며 동화 작가의 길을 걷기 시작했으며,
《살아난다면 살아난다》로 우리교육어린이책작가상을, 《절대 딱지》로 열린아동문학상을 받았습니다.
지은 책으로 《어쩌면 우주 떠돌이》, 《해동 인간》, 《나, 유시헌》, 《일주일 스타》,
《누구나 놀이터에서 놀 수 있어!》, 《어디 갔어 고대규》 등이 있습니다.

그린이 **설은정**

HILLS(한국일러스트레이션학교)에서 일러스트레이션을 공부했습니다.
자연과 가까운 곳에 살며 아름다운 하늘과 강물, 작은 생명에 매번 감탄합니다.
그림 그리는 삶을 오래도록 이어 가려 합니다.
그린 책으로 《씨앗 빌려주는 도서관》, 《선생님과 함께 읽는 소나기》 등이 있습니다.
ⓘ suleunjung_works

서바이벌 재난 동화 3
검은 바다가 밀려온다!

처음 인쇄한 날 2024년 11월 12일
처음 펴낸 날   2024년 11월 30일

글 최은영 그림 설은정
펴낸이 이은수 편집 오지명, 박진희 디자인 효효스튜디오 마케팅 정원식
펴낸곳 초록개구리 출판등록 2004년 11월 22일 제300-2004-217호
주소 서울시 종로구 비봉2길 32, 3동 101호
전화 02-6385-9930 팩스 0303-3443-9930
인스타그램 instagram.com/greenfrog_pub
제조국 대한민국 사용연령 8세 이상

ISBN 979-11-5782-307-9 74810 979-11-5782-275-1 (세트)